PARA ONDE VOCÊ
VAI COM TANTA
PRESSA, SE O CÉU
ESTÁ EM VOCÊ?

PARA ONDE VOCÊ VAI COM TANTA PRESSA, SE O CÉU ESTÁ EM VOCÊ?

CHRISTIANE SINGER

Tradução
JOÃO ALEXANDRE PESCHANSKI
Revisão da tradução
MARINA APPENZELLER

Martins Fontes
São Paulo 2005

Esta obra foi publicada originalmente em francês com o título
OÙ COURS-TU? NE SAIS-TU PAS QUE LE CIEL EST EN TOI?,
por Albin Michel, Paris.
Copyright © Éditions Albin Michel, 2001.
Copyright © 2005, Livraria Martins Fontes Editora Ltda.,
São Paulo, para a presente edição.

1ª edição
fevereiro de 2005

Tradução
JOÃO ALEXANDRE PESCHANSKI

Revisão da tradução
Marina Appenzeller
Acompanhamento editorial
Luzia Aparecida dos Santos
Revisões gráficas
Maria Fernanda Alvares
Helena Guimarães Bittencourt
Dinarte Zorzanelli da Silva
Produção gráfica
Geraldo Alves
Paginação
Moacir Katsumi Matsusaki

Dados Internacionais de Catalogação na Publicação (CIP)
(Câmara Brasileira do Livro, SP, Brasil)

Singer, Christiane.
  Para onde você vai com tanta pressa, se o céu está em você ? – Christiane Singer ; tradução João Alexandre Peschanski ; revisão da tradução Marina Appenzeller. – São Paulo : Martins Fontes, 2005.

  Título original: Où cours-tu? Ne sais-tu pas que le ciel est en toi ?
  ISBN 85-336-2094-2

  1. Auto-ajuda – Técnicas 2. Conduta de vida 3. Espiritualidade 4. Experiência religiosa – Narrativas pessoais I. Título.

05-0535   CDD-158.1

Índices para catálogo sistemático:
  1. Auto-ajuda : Psicologia aplicada   158.1

Todos os direitos desta edição para o Brasil reservados à
Livraria Martins Fontes Editora Ltda.
Rua Conselheiro Ramalho, 330 01325-000 São Paulo SP Brasil
Tel. (11) 3241.3677 Fax (11) 3101.1042
e-mail: info@martinsfontes.com.br http://www.martinsfontes.com.br

ÍNDICE

Prefácio   VII

Para onde você vai com tanta pressa,
se o céu está em você?   *1*
Os sentidos entregam-nos o sentido   *9*
A travessia da noite   *17*
O sentido da vida   *27*
Os corpos condutores   *35*
Fale-me de amor...   *43*
História de crianças   *53*
A memória viva   *57*
Utopia   *71*
O massacre dos inocentes   *79*
A aula de violino   *87*
As duas irmãs   *101*
As estações do corpo   *109*
Um outro mundo é possível   *121*

PREFÁCIO

Nos planaltos do deserto, as abelhas selvagens povoam as fendas e as fissuras das falésias, e "o mel escorre do rochedo". Deus faz Jacó saboreá-lo[1].

Muitos são aqueles entre nós que procuram um sentido para a vida.

De qualquer vida, por mais escarpada e abrupta que esta seja, brota e corre o sentido.

Quem iria procurar mel na falésia? É loucura, com certeza. Toda loucura acaba revelando-se razoável quando é cultivada por bastante tempo.

---

1 Dt, 32-13.

PARA ONDE VOCÊ VAI COM TANTA PRESSA?

Ao acaso dos encontros, das viagens, dos retiros e das errâncias que tecem uma vida para mim, a mesma constatação sempre me acomete: são raros os que percebem, mas de tudo na terra brota sentido.

Nestas páginas não faço mais do que tentar recolhê-lo em receptáculos improvisados: conferências, conversas.

Recordo-me de algo que aconteceu há mais de trinta anos: estou sentada diante de um velho historiador italiano, eloqüente, com um encanto malicioso e que fala um francês que temo ter desaparecido: o dos grandes europeus de outrora. Risonho sob alguns cabelos cuidadosamente penteados que deixam transparecer o globo róseo do crânio, suspende de repente o relato dos encontros memoráveis de sua vida: "Já faz tempo que estudo com a maior aplicação as idas e vindas de meus congêneres e vou entregar-lhe a lei fundamental que aprendi com isso: *a longo prazo* não vale a pena ser malandro. Repito: *a longo prazo*. Pois é possível que no meio do caminho sejamos tentados a presumir o contrário."

Essa frase e o sorriso delicado que a acompanhou se deixam modular infinitamente.

A longo prazo, jamais vale a pena ser cínico, vingativo, vitorioso, competitivo, *"the best"*! A única coisa que vale a pena a longo prazo é amar. Na ordem do invisível, seu fruto é inelutável.

Nenhuma força impediria que uma folha de bordo avermelhasse. Inelutavelmente a folha se colore, o fruto amadurece. Começa então, apesar de todos, a bater no peito de quem celebra a vida – sem se deixar atormentar pela traição, pela decepção, pela raiva destruidora – um coração apaziguado, um coração humano.

◆

PARA ONDE VOCÊ VAI COM TANTA PRESSA, SE O CÉU ESTÁ EM VOCÊ?

É difícil, em meio ao bruaá de nossa "civilização", que tem horror ao vazio e ao silêncio, escutar a frase singela que, por si só, pode provocar uma reviravolta na vida: "Para onde você vai com tanta pressa?"

De moda em moda, de novidade em novidade, de inovação em inovação, de catástrofe do dia em catástrofe do dia – "Nada é mais velho do que o jornal de ontem"[1] –, somos lançados para a frente como flechas! *Slogans*, ritmos, músicas de fundo, logorréia dissimulada de um rádio sempre ligado, gritos, apelos incitando-nos a correr mais, a

---
1 Paul Valéry.

PARA ONDE VOCÊ VAI COM TANTA PRESSA?

deixar para trás os carrinhos de lixo, de imundícies que produzimos sem parar. Sem projeto de civilização, sem visão, só aumentamos o volume e atacamos.

Na verdade, essa forma de se comportar é a mais antiga a que o homem moderno recorre quando se vê em perigo: Fuja! Salve-se! Corra para permanecer vivo! Correndo, o homem moderno tenta esquivar-se da legião de fantasmas que está no seu encalço, dos súcubos e dos zumbis que ele mesmo criou.

Há fugas que salvam a vida: quando nos vemos diante de uma cobra, de um tigre, de um assassino.

Há outras que custam a vida: a fuga de si mesmo. E a fuga deste século dele mesmo é a fuga de todos nós.

Como suspender essa cavalgada forçada, a não ser começando por nós, considerando o encrave de nossa existência como o microcosmo do destino coletivo? Melhor: como um ponto de acupuntura que, ativado, contribuiria para curar o corpo inteiro?

Eu ainda estaria fugindo se, no meio de uma crise profunda, esta simples pergunta não tivesse chegado a meus ouvidos: "Para onde você vai com tanta pressa?"

Era a voz de uma mulher[2] e, se cito seu nome toda vez que evoco essa época, é por dever de honra. É essencial cuidar desse céu em nós, invisível aos outros, desse santuário que a vida nos edificou e que é povoado por todos os intercessores, por todos os mensageiros, pelos que, de várias maneiras, nos inspiraram, nos conduziram rumo ao melhor de nós mesmos. Honrar nossa dívida para com eles é a primeira e talvez também a última obrigação. O espíri-

---

[2] Hildegund Graubner, colaboradora próxima de Karfrield Graf Dürckheim.

to jamais nos encontra envoltos em celofane. Há sempre um rosto, um som de voz, um nome, um cheiro. Passa de olhar em olhar, de sorriso em sorriso.

"Para onde você vai com tanta pressa?" A continuação da frase de Ângelo Silésio: "Não sabe que o céu está em você?", ainda não era comum. "Não sabe que o inferno está em você?" é, infelizmente, a primeira versão da mensagem. Eu precisava entender antes que era totalmente inútil correr tanto já que aquilo de que eu fugia estava cuidadosamente costurado em minha pele.

Que a primeira etapa fosse *chegar*, antes de mais nada, ao cerne de meu desastre e instalar-me nele para contemplá-lo, escandalizou-me tanto quanto a meu amigo Jó. Sempre apreciei e admirei Jó; em seu desespero virulento, ele não ousa inverter a pergunta e interpelar Deus: "Para onde vais com tanta pressa? Por que foges de mim e de minhas súplicas?" Sublime inversão – mas sem nenhum fruto. O que Jó também deve entender é que Deus não ergue suas tendas no país da lamentação. Ele não comparece a nenhum lugar onde ressoam e rangem as súplicas, as lamúrias e as reivindicações. Sua ausência assombra desde sempre essas regiões. Ele nos quer fora dos pântanos da lamentação e das desesperanças – apesar de tudo. Ele nos quer *em outro lugar*.

"Para onde você vai com tanta pressa?"

O lugar em que essa flecha nos atinge não é indiferente. Situa-se na bifurcação de nossos destinos e não deve ser compreendido como uma repreensão. Como uma corrida poderia ser suspensa se antes só havia imobilidade?

Existe decerto um frenesi contemporâneo, uma agitação aguda cuja contrapartida é o desabamento, o colapso, a temida passagem da desordem furiosa à entropia.

PARA ONDE VOCÊ VAI COM TANTA PRESSA?

Mas o movimento suspenso pela pergunta "Para onde você vai com tanta pressa?" está inscrito numa outra dinâmica de vida. Contém a fórmula secreta da reviravolta, da conversão e supõe que a corrida selvagem também tem qualidade de busca selvagem.

Tudo ocorre como se essa fuga acumulasse a energia necessária para uma transmutação.

Assim como não podemos "permanecer semelhantes a uma criança", e sim voltarmos a ser uma, como é o convite de Cristo, permanecermos sentados diante da porta do paraíso, após a exclusão, seria nosso fim.

Não é necessário começar a andar a qualquer preço, virar as costas ao grande portal e assumir o exílio amargo?

O próprio afastamento, a própria errância fazem parte do caminho. Não renego o fascínio que uma pichação nos muros da Sorbonne exerce sobre mim em 1968: "Corra, companheiro, o velho mundo está atrás de você!" Essa frase me embriagava. Eu a inscrevi no abajur de minha escrivaninha. Ela brilhava quando eu o acendia. O que me chamava a atenção, torno logo a encontrar: vomitar toda essa poeira engolida, esses clichês viscosos, escapar a qualquer preço de uma vida sórdida!

O vento de liberdade que soprava na época muitas vezes não fez os barcos amarrados de nossas existências mudarem de margem ou de desembarcadouro. Poucos de nós abandonaram as docas rumo ao mar aberto. Mas algumas frases, como faróis ao longo das costas, continuam piscando nas nossas neblinas. Corra, companheiro... Fui todavia bastante inspirada quando escrevi essa frase em meu abajur e não resolvi gravá-la em minha pele, como o general Bernadotte. Mais tarde rei da Suécia, carregava em seu leito de morte, para a surpresa de seu médico, o brado de sua juventude tatuado no peito: "Morte aos reis, morte aos tiranos!"

A paisagem é tão vasta no interior de um só homem que nela todas as contradições querem viver e têm lugar. Quanto a mim, nada tenho a renegar. O apelo salino e acre do brado permanece em meu coração. Corra o mais rápido que puder, companheiro, para fora dos miasmas mórbidos do pântano contemporâneo. Ele está em seu encalço, esse *velho mundo moderno* que transforma tudo o que toca em números, em balancetes, em plástico, em concreto, em *spots* publicitários! Ele transforma seres de carne e osso em sinais abstratos, consagra-os de corpo e alma aos mitos irrisórios do sucesso, do recorde, da competição! Corra ainda mais rápido para não ser despojado do impulso sagrado que está em você, para escapar ao demônio da insignificância, ao fracasso dos homens livres de se assumirem!

"Fui um ser humano, senhora, antes de me tornar o leito 287", gritava-me um velho pelo qual passei numa visita a um hospital.

No entanto, esse foco de indignação, por mais poderoso que seja quando o atravessamos, torna-se, assim que nele nos instalamos, assim que o tornamos domicílio fixo e legal, um lugar destrutivo. Dá credibilidade ao mito de um observador externo ao que observa, de um juiz acima de qualquer suspeita diante da máfia internacional. Aquilo que todas as cosmogonias das grandes religiões ilustram e aquilo que a física quântica sublinhou é que uma parte do universo está (em) quem o observa.

Se evitarmos a próxima etapa, recusamo-nos a uma conduta de humanidade – isto é, de transformação. Para o próximo passo que nos espera, é preciso calar-se, apesar da tentação de falar: "Para que correr, companheiro? Não sabe que o velho mundo *é* você?"

O trabalho de geração está iniciado a partir de então! Primeiro uma lenda para introduzir o clima: O cavaleiro da aranha. Um cavaleiro viu com seus próprios olhos a terrível aranha cujo veneno destruía os lugares por onde passava. A cavalo, saiu a toda para avisar os habitantes dos arredores, mas todos os que encontrava afastavam-se apavorados e fugiam. Perturbado, parou perto de uma fonte para dar de beber à sua montaria... e eis que, no reflexo da água, conseguiu finalmente ver que a enorme aranha estava pendurada na cimeira de seu elmo.

Assim, quem vem anunciar o fim do mundo já é parte intrínseca dele. A mensagem é difícil de ser entendida! O próximo passo requer mais coragem que todos os precedentes. Tudo o que me indigna, me revolta, me desespera está inoculado em minhas veias. Quem nunca deixou que falassem mal de um amigo na sua frente, que me jogue a primeira pedra. Quem nunca deixou sua vida macerar no desprezo, na indiferença, na monotonia, que me julgue. Quem não desceu ao inferno da insignificância (é assim... não tem jeito... aliás, disseram na TV...), que me condene. Quem não acreditou – não desejou para por fim ser deixado em paz – que a morte e o absurdo tivessem a última palavra, que me aponte.

É nossa participação muda em tudo o que ocorre na terra, nossa co-responsabilidade que se trata de reconhecer. Só quem ousou ver que o inferno está nele mesmo descobrirá em si próprio o céu escondido. É o trabalho sobre a sombra, a travessia da noite que permitem a aurora.

Para onde você está correndo? Não sabe que o céu está em você?

PARA ONDE VOCÊ VAI COM TANTA PRESSA?

A partir de agora as palavras vão se esquivar.

Pois o céu é como a cauda do vestido da noiva que as crianças tocam para nela acreditar.

O céu é pressentir que tudo o que eu não puser no mundo de gratidão e de celebração não estará nele.

O céu é a rendição, o fim da cruzada, as armas depostas.

É a gota de mel do instante sobre a língua.

Fiz muito por este mundo quando parei de correr para dizer obrigada.

OS SENTIDOS ENTREGAM-NOS
O SENTIDO

Muitas vezes me perguntei o que, em nossa época, provocava esse derramamento de sangue, essa perda de sentido. É como uma hemorragia que é impossível estancar. Por qual chaga escoa o sentido? Quanto mais me questiono, mais vejo que há em nossa modernidade algo como um imenso desânimo. O mundo tornou-se grande demais. Enquanto estou num encrave – num espaço delimitado –, posso ser responsável por ele. Uma família. Um local de trabalho. Um grupo. Nesse espaço, posso me colocar à disposição, me engajar naturalmente. Mas, quando esse espaço se dilata e recobre o mundo inteiro, quando todo dia despejam cargas de desespero, todos os desastres do mundo inteiro, todas as guerras e toda a violência do planeta inteiro em meus olhos..., algo em mim se bloqueia. Diante do assédio ininterrupto de uma negatividade trágica, fico anestesiada.

Não consigo mais enfrentar tanto sofrimento, meu engajamento perde o ânimo. Acontece em nossa época algo que não tem antecedentes em meio milhão (?) de anos de evolução. Reflexos tão antigos quanto a humanidade e que são de duas ordens diante do perigo, a fuga ou a solidariedade, não contam mais. Diante de uma pessoa que caiu, ferida, que grita de dor, precipito-me para ajudá-la. Há em meus genes, na longa linhagem de homens e mulheres que me precederam, essa resposta inscrita, esse gesto que socorre. E há uma geração – mas o que são alguns anos na torrente dos milênios? –, eis que nosso impulso natural é detido por uma tela de vidro! E aqui estou, diante dessa angústia, e cada vez que quero estender a mão... a tela de vidro! E o que acontece em nós é então uma espécie de drama mórbido. Quando não é possível nenhuma reação a uma incitação que se repete incansavelmente, enlouquecemos. A angústia concentrada é grande demais. Meu imenso desânimo vai aos pouco me deixar cataléptico. A compaixão natural está presa, amordaçada. Dizemos a nós mesmos: de qualquer forma, já passou! E há diabolismo nesse desânimo, diabolismo que funciona como nos sistemas totalitários. Vê-se, mas não se deve mostrar que se viu. Testemunham-se horrores, mas é preciso seguir em frente sem dar a impressão de ver, porque, caso alguém interviesse, também seria engolido pela violência.

Fui convidada pela universidade de Linz por ocasião do aniversário da data a que se dá o nome de a "noite de cristal" e que prefiro chamar de "Pogrom de 1938". Um importante dignitário da Igreja da Áustria contou a seguinte

OS SENTIDOS ENTREGAM-NOS O SENTIDO

cena que ilustra o paralelismo entre a tela de vidro e o totalitarismo. Quando era criança, sua mãe foi buscá-lo na escola e, na rua, testemunhou uma cena inesquecível – alguns jovens nazistas espancavam a socos e pontapés um velhinho no chão, um velho judeu ortodoxo com cabelos brancos cobrindo seu rosto, um desses belos rostos do judaísmo de antigamente. O homem agredido jazia no chão e olhava apavorado ao seu redor. "Minha mãe me puxou", conta o narrador, "sem responder a minhas perguntas. Quem era? E por quê? Ela repetia: 'Fique quieto, você não viu nada.'"

Enquanto esse alto dignitário da Igreja contava a história, eu a via acontecer diante de mim e, pelo tom de suas palavras, ouvia uma segunda traição mais policiada, mais amena – mais inconsciente de seu alcance. "Era preciso entender", ele dizia, "essa mãe tinha crianças sob seus cuidados. Vocês percebem o perigo que se corria! Era preciso passar o mais rápido possível para não ser mais uma vítima desses jovens delinqüentes!"

Quando chegou a minha vez – fui obrigada a dizer que essa história prolongava a velha história emperrada e não aliviava. Não era o caso de condenar a mulher que fora sua mãe! Sua lealdade com relação a ela honrava o narrador. Ele só precisava, como homem adulto, homem da Igreja, alcançar um outro patamar e voltar a esse lugar de sua infância, reencontrar o idoso que jazia no chão, estender-lhe a mão, ajudá-lo a levantar-se e inclinar-se diante dele com a mais profunda compaixão e veneração. E, enquanto essa cena não ocorresse, as feridas da memória continuariam purgando. Não sei se atingi a pessoa à qual me dirigi; pouco importa, pois a mensagem, mesmo se não atinge a pessoa à qual se dirige, sempre chega a algum destino. Nos assuntos do coração e do espírito, dirigimo-nos à pessoa que está diante de nós e, por ricochete, é outra que recebe a mensagem em cheio; é o que importa. Não se trata de tentar convencer alguém de alguma coisa, mas de cultivar com ardor essa esperança que até o passado ainda recebe hoje de nós, os vivos, consolo e reparação.

No fim dessa noite em Linz, um idoso recrutado em outros tempos com dezesseis anos para os exércitos do Führer veio chorar em meus braços sem falar nada. Não sei nem o que tinha feito, nem o que tinha sofrido, mas sei que chorávamos juntos e por muitos outros! O vidro de segurança do opróbrio rachara.

Essas diversas telas (reais ou simbólicas!) diante das quais tantas horas de vida se deterioram têm ainda outro efeito devastador, atrofiam os sentidos: nada para abraçar, pegar, apalpar, cheirar, saborear com a língua, aspirar, em tudo o que acontece aí como realidade factícia. Enquanto a vida passa atrás de nós, abundante, imprevista, intensa, vibrante, múltipla, permanecemos com os olhos voltados para a vitrina!

Numa visita a meu antigo colégio Montgrand em Marselha, surpreendi-me ao constatar que os jovens não passeiam mais sonhando à beira do mar. "De que cor são as patas das gaivotas em Marselha?" Ninguém tinha admirado seu laranja radiante! No entanto, em vez de me lamentar, tento reavivar a chama. Tenho paixão pelos jovens. Gosto de ver seus olhos freqüentemente cansados brilharem novamente após alguns momentos de paixão partilhada. Gosto quando a memória desperta neles! Admirava seus rostos – havia uma centena de crianças reunidas –, essa diversidade, essa riqueza em cada um, tudo o que havia de imensidão e de memória atrás de cada um. Havia crianças árabes, africanas, eurasianas. "O mundo inteiro marcou encontro em sua escola!"

E comecei por perguntar-lhes: "Quem são vocês? O que sabem de seu passado, de sua família, de seus antepassados, de seus países, de suas culturas? Vocês me perguntam o que é a literatura, e vou dizer-lhes: a literatura é levar a vida a sério – apaixonadamente a sério –, é interrogar-se sobre esse mistério que sou, sobre essas duas correntes da linhagem de meu pai e de minha mãe que se encontram como dois rios em mim!" Percebemos que a ignorância era geral, mas a curiosidade começou a bater mais forte nos corações! E o orgulho! Após algumas horas, os rostos e os olhares haviam mudado.

Senti uma grande emoção ao voltar a esse colégio! Lembrava-me do pátio como de um templo sustentado por quatro plátanos. Ainda existiam essas árvores? Que alívio, estavam lá! Menos grandiosas do que em minha memória, mas estavam lá! Eu as freqüentara com tanta assiduidade, e por tantas vezes havia seguido com os dedos as cartografias secretas das cascas. No outono, durante o longo recreio da hora do almoço, "costurávamos" véus de noiva com as folhas que haviam caído. Era um grande trabalho que exigia muita precisão. Era preciso entrelaçar o caule entre as nervuras sem rasgar as folhas. Depois a eleita do dia se erguia no meio do pátio. Com grampos de cabelo e presilhas, a ponta do véu era fixada no seu cabelo. Às vezes, quando havia muitas costureiras trabalhando, o véu atravessava o pátio até a entrada da sala italiana! A noiva do dia, então, começava a andar com cuidado. Lentamente. Cerimoniosamente. Era grandioso. O tempo parava.

Contar histórias de noivas e de folhas mortas a jovens, acostumados a *overdoses* de imagens duras e violentas, é um pouco arriscado. E, no entanto, enquanto eu falava, via a noiva avançando devagar em seus olhos arregalados. Eles estavam me entendendo muito bem!

No final de nosso encontro talvez alguns tenham compreendido o que era a literatura (o pretexto de eu ter sido convidada ao colégio...), essa impaciência agitada de correr ao encontro do mundo. A vida só se revela àqueles cujos sentidos estão vigilantes e que avançam, felinos atentos, em direção ao menor sinal.

Tudo na terra nos interpela, nos chama, mas com tanta sutileza que passamos mil vezes sem nada ver. Andamos sobre jóias sem percebê-las. Os sentidos nos restituem o sentido. Quando o instante solta sua seiva, a vida sempre comparece ao encontro.

Para terminar, gostaria de debulhar esses sentidos como as crianças. É uma forma de despertar nossa memória! No lugar em que o mundo encostou em nós pela primeira vez, as marcas permanecem indeléveis. Assim, nessas poucas evocações, não estou falando de uma infância que seria apenas a minha. Todas as infâncias moram no mesmo país. Pelo eco, minha infância desperta a sua, desperta todas.

Uma cena.

Operaram-me de apendicite. A porta se abre, e meu pai entra. O que traz na mão não é nem um brinquedo, nem um mimo. O que vai me dar poderia até decepcionar a criança pequena que sou. Até hoje, nunca vi nada tão belo: é um ramo de amendoeira em flor. Um verde tenro e um branco diáfano que nunca mais apareceu em nenhuma amendoeira desta terra.

Memória de fragrância. Um outro universo.

OS SENTIDOS ENTREGAM-NOS O SENTIDO

A pequena loja do senhor Michel, sapateiro perto de Saint-Victor. Sento-me nela ao voltar do jardim de infância. Ali permaneço – o cheiro do couro e os eflúvios do mar próximo... As horas passam. Quando mamãe me descobre ali, fica transtornada de angústia e briga com o senhor Michel por não ter me mandado para casa. Em minha lembrança, ele permanece plácido como se soubesse que cinqüenta anos depois eu o ressuscitaria falando do cheiro de sua loja. Também teve mais tarde, na rua da République, a peixaria da qual falo em *Les Ages de la vie* [As idades da vida] administrada por duas mulheres, mãe e filha. A eletricidade rangente das escamas raspadas com a faca – inesquecível. *L'odor di femina!* O cheiro que atraía os navegadores celtas até as grutas de Armórica. Ah, as horteloas marselhesas de outrora, essas rainhas sentadas em seus traseiros como em tronos!

Depois da visão, do olfato, uma memória do tato!
Meu pai ternamente amado morreu aos noventa e três anos. Pouco tempo antes de sua morte, relatou-me a seguinte história. Seu tio Samy era um homem muito elegante, dândi da Viena do início do século XX. Quando vinha visitá-lo, provocava a imaginação de meu pai, que tinha então quatro anos. Suas polainas de passeio cuidadosamente fechadas com botões de madrepérola, sua bengala hachurada de prata e, que maravilha, a cartola de veludo azul-noite. Deposta num banco no vestíbulo, a cartola era simplesmente irresistível. Inclinando-se sobre a criança, o tio fazia um pacto com ela: "Se você não mexer na cartola, Franz, dou-lhe um ducado." Um ducado! Uma fortuna! "Se não mexer nela, Franz!" A inefável suavidade da cartola! Impossível resistir. E meu pai, esse idoso à beira da morte,

diante dessa recordação, ergueu a mão, uma mão descarnada com as veias saltadas, e, com uma delicadeza que congelava o tempo e o espaço, pôs-se a acariciar o espaço vazio, como se fosse veludo. "Você compreende, não consegui resistir, lógico, e eu a acariciei! E perdi um ducado! Você imagina! E, por um instante, a esperança louca, desleal: talvez ele não perceba..." Mas chegou o momento de o tio ir embora. Tio Samy ergue a cartola à altura dos olhos, descobre a marca dos dedos: "Ah, você mexeu nela! Que pena! Fica para a próxima vez!" No gesto desse idoso, nessa carícia do vazio, ressurgiu a maravilha do ser, a quintessência do vivo conservada pelos sentidos.

O que tento mostrar nessas recordações é até que ponto esses instantes de presença aguda entregam seu sentido e o detêm. Em todos esses instantes em que sou "tocada", Deus compareceu ao encontro. Deus ou, se preferirem, essa memória elevada que habita em mim! O eco do *logion* 77 de Santo Tomás: "Estou em toda parte. Quando vais buscar madeira, estou no bosque. Quando levantas a pedra, estou sob a pedra..." E não: sou o bosque, sou a pedra, mas toda vez que você está aí, realmente aí, absorto no encontro com o mundo criado, então estou aí! Aí onde você está, na presença aguda, também estou. Estar aí! O segredo. Não há nada além disso. Não existe outro caminho para sair das letargias nauseabundas, da sonolência, dos comentários sem fim, que não *nascer enfim para o que é.*

A TRAVESSIA DA NOITE

Todos esses testemunhos pungentes que acabo de escutar com vocês ainda vibram em mim[1]. Só posso começar, para dar ao meu discurso o tempo de se reorganizar, com uma homenagem, em primeiro lugar, àqueles que vivem o mais difícil, nossos irmãos esquizofrênicos, àqueles que acompanham o mais difícil, sua família e seus aliados, e àqueles que escolheram instalar sua profissão, sua vocação, no meio do mais difícil: os que curam, os médicos, os psicólogos e os psiquiatras.

---

1 A origem deste texto é uma conferência intitulada "Esquizofrenia = Loucura?", proferida no congresso do GRAAP (da sigla em francês para Grupo da Suíça Francesa de Acolhimento e Ação Psiquiátrica) em Lausanne, em maio de 2000.

PARA ONDE VOCÊ VAI COM TANTA PRESSA?

Gostaria de convidá-los a receber minhas palavras como a tentativa de uma mulher que se comprometeu a não perder de vista nessa terra nem a margem da angústia nem a da libertação, a honrar com a mesma atenção o inominável sofrimento dos homens e a maravilha rutilante da vida. Convencida de que, se uma dessas margens se perdesse na bruma, eu ingressaria imediatamente na ilusão e na ficção. Por mais desconfortável que seja, essa divisão preserva todavia as ingenuidades de uma esperança cega e as complacências paralisantes do desespero.

Em todos os lugares em que o sofrimento habita encontram-se também os vaus, os locais de passagem, os nós intensos de mistério. Essas zonas tão temidas carregam entretanto o segredo de nosso ser no mundo, ou, como exprime o pensamento mitológico: onde estão escondidos os dragões, estão dissimulados os tesouros.

Ora, nossa sociedade contemporânea tem um único objetivo: erradicar a qualquer preço de nossas existências essas zonas incontroláveis – zonas de neblina, de gestação, zonas de sombra – e instaurar em todo lugar que puder o controle e a vigilância.

Quando recusa a noite, como deplorava o poeta Novalis, nosso imaginário coletivo trava uma guerra mortal contra o real e provoca o surgimento de tudo o que queria evitar: o medo, o desespero, a violência desenfreada, a recrudescência do irracional.

Numa descrição do mundo em que apenas a realidade objetivável, mensurável, numerável, analisável é levada em consideração, o real – isto é, o espaço entre as coisas e os seres, a relação, a teia de correlações, o inapreensível, o movediço, o vazio, o obscuro, a respiração invisível que mantém o universo agregado – não tem vez. Decretado insignificante e "subjetivo", é pura e simplesmente eliminado. Ao deixar de ser promissora e inspiradora, a face oculta do mundo, exatamente a que sustenta a face visível, povoa-se de demônios.

A fúria de manipular a vida, de extorquir seu sagrado, é a fúria de todas as ditaduras políticas ou científicas e manifesta o despeito, a arrogância dos fidalgos provincianos diante da complexidade louca, generosa, sublime, inextricável do real. Essa obsessão impõe ao mundo em que vivemos uma ordem redutora e mortífera.

Se abdicamos de nossas intuições profundas que vinculam nossa existência à criação completa – ao Todo –, agravamos o fundamentalismo reinante: o princípio da razão está longe de ser um princípio universal para explorar o mundo. Para inúmeras culturas, é a comunhão que permite apreender a criação, e desta vez de dentro e não de fora. Se o *principium rationis* não se equilibra com a *communio*, o homem acaba reduzido às suas glândulas e às variações da Bolsa. O desespero e sua irmã, a doença, estão próximos!

A minha impressão ao ouvir os diversos testemunhos é a de que nossos irmãos e irmãs esquizofrênicos são aspirados e projetados nas zonas de consciência negadas e profanadas por nosso imaginário coletivo. Não chegaria a dizer que só eles habitam o real, mas desconfio que se transformaram nos guardiões desesperados de um patrimônio coletivo desertado e reduzido às cinzas.

Gostaria de tentar esboçar um tipo de cartografia desses continentes que nossos hábitos mentais no Ocidente abandonaram e desertificaram.

Optando já há dois mil e quinhentos anos pela descrição da realidade como a que Parmênides nos deixou, aprendemos a ver um mundo pregado, parafusado, fixo, aparentemente invariável, dócil com relação a nossos conceitos, nossas classificações, nossas distinções, nossas divisões, como que capturado. "Tudo conspirou para nos colocar diante de objetos que podemos considerar invariáveis" (Bergson, *La Pensée et le Mouvement* [O pensamento e o movimento]). Heráclito, por sua vez, com sua visão da fluência, do devir incessante e sempre renovado do real, só encontrou seus herdeiros muito mais tarde na física quântica. Herdeiros infelizes, já que em vez de revolucionar nossa visão do mundo, como revolucionou a deles, pela confirmação transtornante de uma realidade em devir permanente, criando-se e inventando-se a cada instante, não conseguiram mudar em praticamente nada nossos hábitos mentais fossilizados. "Não há matéria, apenas uma teia de relações" (Niels Bohr). Os únicos frutos que nos deixaram foram o eletrônico e... a energia atômica. A esclarecedora revelação de que tudo não passa de vínculo e correlação não atravessou a cortina de ferro de nossas consciências. Só adotamos as máquinas e desviamos os olhos da formidável visão de um mundo em que o espírito preexiste ao fenômeno e o cria a todo instante. Mais uma vez, o Ocidente não agüentou a vertigem, a rajada de vento desse real em fusão, o fluxo jubiloso do impulso que gera o impulso que gera o impulso a cada instante. Basta ver o destino que "nossa cultura" reserva aos que se mexem e transumam sobre essa terra: os jovens, os nômades, os rebeldes e os ciganos!

Um outro dado irredutível da vida e igualmente insuportável para a consciência contemporânea é a intuição metafísica do paradoxo inerente a qualquer manifestação da vida.

◆

A face dupla continua aí: o aspecto oculto / o aspecto visível, o claro / o escuro, o dentro / o fora, o nascimento e a morte.

"Há sempre um momento", dizia-me um dia Frédéric Leboyer, "em que no rosto da parturiente transparece o rosto de sua morte. É por isso que eu nunca quis a presença dos homens ao lado de suas mulheres, pois eles não agüentam, não estão preparados, assustam-se, imploram: faça alguma coisa! Porém não há nada a fazer, pois dar à luz e morrer é a mesma coisa! Como compreender? Eu que vi mil vezes esse rosto de morte aparecer, sei que nascimento e morte são uma única e mesma coisa. Como eu explicaria isso!"

Os antônimos andam juntos, são inseparáveis. Um se mostra, o outro se esconde. Um balé sublime e aterrorizante. Não se pode evitar o *tremendum*, o pavor sagrado diante do mundo criado. Nossos antepassados o conheciam. Não o queremos mais. Também o mistério da vida permanece estranho, hostil para nós. Não há escolha possível. Ao se escolher, ao se estrangular um aspecto, estrangula-se o outro junto. Querendo apenas a vida e não a morte, não temos mais nem uma nem outra. Só um meio-termo, liofilizado e com preservativo. A revelação que aguarda o sábio no fim de sua jornada é sempre parecida em todas as tradições: o dois é Um. Em qualquer lugar. Observem as duas genealogias de Jesus – filho de José e filho de Davi – um morre, o outro triunfa, e é o mesmo. Desde a origem, os dois estão aí, não um ou o outro, mas um e o outro. Sempre.

Para fazer o tecido surgir no vaivém do tear, são necessários os fios da trama e os fios da urdidura.

Um outro dado irredutível da vida, igualmente insuportável para nossos contemporâneos lógicos até a idolatria, é que o mundo invisível está vinculado ao mundo visível de modo misterioso e não causal. Quando você segura um fio, nunca sabe ao que ele está amarrado na outra ponta. Um sucesso considerável pode ser apenas uma concha vazia e uma entorse no tornozelo pode fazer com que você encontre o caminho perdido.

Você nunca sabe o que liga as coisas entre si. Pela simples vontade, você jamais pode ter acesso ao sentido ou ao essencial. Todo mundo finge acreditar que esse mundo é estável e sólido, mas você, que foi criança, sabe que não é assim. Você pode premeditar, prever tudo o que quiser, o fruto esperado não vem. Aja sem intenção e sem espírito de lucro, e o fruto cai a seus pés (ou não)! Embora a causalidade tão apreciada seja incessantemente abortada, continuamos agarrando-nos a ela. O surgimento do fruto só acontece quando a dimensão horizontal do esforço, da perseverança, encontra-se bruscamente com a dimensão vertical: a dimensão do segredo. Mas quem ainda quer saber dessas coisas? Quem aceitaria receber a lição revigorante, perturbadora, dia após dia?

Todas essas observações aparentemente desvinculadas esboçam contudo o contorno dos sintomas que coligi nos depoimentos daqueles que são chamados de "doentes mentais". Não são esses paradoxos, essas faces duplas do real rejeitadas por nossa ideologia, que atacam, assediam, assombram os esquizofrênicos? Sou e não sou. Petrifico-me ou me liquefaço. Estou tanto nesse tempo compartilhado com vocês quanto num outro espaço (eternidade? nada?). Falo e não sou ouvido, ouço suas vozes e não filtro mais o sentido de suas palavras. Abismo dentro de mim / abismo fora. Estou ao mesmo tempo aqui e em outro lugar, etc.

Tantas experiências selvagens do que está acontecendo realmente. Tantas experiências do que *é*. Mas a alma aí se vê lançada, sem guia, sem bússola, sem iniciação e, acreditando ser a única a estar vivendo tudo isso, afoga-se.

A habilidade que as crianças, os místicos e os poetas têm naturalmente de ir e vir de uma vertente do mundo a outra, de se tornarem peregrinos dos dois mundos, dançarinos nos cimos, contatos entre as duas margens, construtores de passarelas, "pontificados", foi simplesmente perdida.

Precisamos tornar a encontrar esse desembaraço, essa inocência em dançar entre os mundos, tão natural às culturas arraigadas no sagrado. É só porque os continentes estão tragicamente separados que se abre entre eles o abismo da loucura.

É urgente mudarmos nossa visão a respeito dos que chamamos de doentes, e é urgente que eles também mudem sua visão a respeito deles mesmos. Existe um nível do ser que permanece *intacto*. Existe um lugar em cada um de nós onde estamos não apenas curados, mas já entregues a nós mesmos. A doença é um acidente, uma desgraça, uma provação que não atinge o núcleo. É a esse núcleo intacto que me dirijo ao falar com vocês, não porque um dia estarão curados, mas porque, a meu ver, já estão. Não porque a esperança me diz que um dia vocês estarão novamente inteiros, mas porque a certeza em mim diz que já estão.

Para encerrar, transmito-lhes a lição de amor que meu filho Raphaël, de dezenove anos, me deu recentemente.

O telefone tocou às três horas da manhã. Angústia, escutei sua voz extenuada: "Acabei", ele me disse, "de levar Noël para casa e de viver a noite mais perturbadora de minha vida." Eu sabia que Noël andava aflito. De uma família síria instalada em Viena, entre duas culturas violentamente antinômicas, encontrava-se, depois de uma escolaridade conturbada mas brilhante, desequilibrado por seis meses de serviço militar. Raphaël me contou então que havia algumas semanas ele estava internado no hospital psiquiátrico militar. Como soube, contou-me, que ele passaria um fim de semana com a família, logo foi ao apartamento dos pais de seu amigo. Eram oito horas da noite. Sua mãe deixou-o entrar no quarto. Noël estava todo encolhido em sua cama e tinha alucinações. "A partir desse momento", disse Raphaël, "uma força se apossou de mim e eu soube o que tinha de fazer. Ajudei-o a se levantar, a se vestir e disse-lhe: 'Vamos, vamos caminhar juntos.' E lá fomos nós pelas ruas da cidade. A cada palavra de Noël, eu replicava: 'Você é o Noël e eu sou o Raphaël, seu amigo.' Uma senhora idosa passeava com seu cão. 'Olhe o leão da Síria que vai nos devorar.' 'Não, é uma senhora que está passeando com um cão!' 'Sou o leão da Síria.' 'Não, você é o Noël e eu sou o Raphaël.' A noite inteira, sem trégua, me interpus entre suas visões e ele. Pegava-o pelas mãos e chacoalhava-o, não o soltei mais. Agüentei firme, e, às duas da manhã, ele me pegou pelos ombros e disse: 'Você é o Raphaël, e eu sou seu amigo Noël.' Então nos sentamos num bar que ainda estava aberto, e falei com ele como nunca tinha falado em minha vida: 'Noël, sua vida é importante. Aqui, conosco, no meio de nós. Precisamos de você. Esperamos por você. Não importa o que aconteça, você nos encontrará esperando por você, não o deixaremos ficar sozinho. Sua vida é preciosa para nós. Para onde quer que você vá, iremos buscá-lo. Seu lugar é entre nós e para sempre.' Noël me ouviu. Juro, ele me ouviu. Então levei-o de volta para casa. Recoloquei-o na cama. Mas agora estou tremendo, não agüento mais ficar em pé, a cidade está deserta e precisava, mãe, contar tudo para você. Agora posso voltar, a cidade está deserta, e estou voltando..."

Não tenho mais nada a acrescentar, amigos, a não ser que, como Raphaël ("Deus cura", já que é esse seu nome), esperamos por vocês e estamos aqui para vocês, não importa o que aconteça.

Mais algumas palavras: no táxi que me trouxe até aqui agora há pouco, o retrato de Arthur Honegger na nota de vinte francos suíços lembrou-me de seu sublime oratório, *O rei Davi*.

"Essa vida era tão bela, agradeço a Ti que a mim a deste."

Com vocês e como vocês, o coração ardendo, completo esse elogio: "Essa vida era tão bela e tão terrível, e como ela é, agradeço a Ti que a mim a deste."

O SENTIDO DA VIDA

Não sei o sentido da vida.
Essa frase de Doderer me agrada como abertura: "Não só estou certo de que o que vou dizer é falso, como também estou certo de que o que me será objetado será falso e que portanto não há outra opção a não ser falar sobre isso..."
É falso o que cheira a teoria.
É certo – como na música – o que de repente ressoa de um ao outro, propaga-se como uma onda vibratória.
Cuidado portanto para não desperdiçar energia tentando refutar-me ou dar-me razão. O que importa é essa teia de interrogações, de hesitações, de conjeturas que elaboramos juntos, em que um som talvez em algum momento – é tempo de prestarmos atenção juntos! – parece certo.

◆

Falar de sentido para dizer que ele foi perdido é tão esquisito quanto pretender não ter mais tempo. O sentido é como o tempo, a cada instante aparece mais.

Está aí em abundância, aflui.

Para muitas culturas, a vida está sempre cheia de sentido. O rito vincula permanentemente o homem ao sentido original. Esse mundo visível é a réplica misteriosa do mundo invisível. As correlações são elaboradas por todo gesto, por todo ato: comer, beber, lavar-se, deitar-se, ninar uma criança, celebrar a união amorosa, acender o fogo, etc. O sentido encharca tudo. Nem um pedaço de tecido fica seco. Essas culturas exsudam sentido, como se diz que um muro exsuda umidade. A imagem está correta. Há de fato um muro erguido entre o mundo visível e o mundo invisível, mas esse muro deixa a umidade passar. Ou seja, não separa de verdade: liga pela secreção um lado ao outro.

No mundo de hoje, esse muro é de cimento ou de aço, não exsuda mais nada. A respiração, a porosidade entre os dois mundos está interrompida. Na maioria das vezes o sentido não transpira mais.

Com a perda de consciência dessa ligação, o mundo visível cai na inanidade. Tudo se torna insignificante. Levantar-me ou permanecer na cama, comer ou recusar comida, sair de minha casa ou ficar, acender a luz ou ficar no escuro, estar de bom humor ou na mais profunda melancolia, tudo isso só diz respeito a mim, não ressoa muito além do corredor ou da porta de entrada. Viver ou morrer, vegetar ou florescer, permanece indiferente para toda a criação.

Georges Bataille colocava-se a única pergunta que ele dizia valer a pena diante de um homem: "De que modo ele sobrevive ao choque de não ser tudo?" Sobrevive pelo dinheiro, pelo sexo, pelo álcool, pela polêmica, pela militância, pela fé, pelo futebol...? De que modo, eu diria, modificando um pouco a pergunta, ele sobrevive ao choque de não estar ligado a tudo, como seus antepassados estiveram desde o início dos tempos? Qual(is) substituto(s) inventa? Uma coisa é certa: todos esses pavimentos que constrói, esses *ersatz* de sentido, não o carregarão por toda a vida. Agüentarão por um tempo antes que ele os atravesse com todo o seu peso e quebre o pescoço.

A língua francesa confunde dois campos semânticos etimologicamente bastante distintos (*sen* e *sensus*), em que "sentido" é ao mesmo tempo entendido como direção, o sentido a ser seguido, e como significação, razão de ser.

Assim, o sentido da vida tão claramente filosófico em outras línguas talvez adquira em francês, em nosso imaginário coletivo, uma conotação seca de placa de trânsito: "O senhor poderia me indicar, por favor, o sentido da vida?" Não pretendo que isso seja consciente para nós, mas pressinto aí a origem de uma sensação que não me abandona. Todos os sentidos da vida, todas as direções dadas à vida, das mais difíceis – ganhar dinheiro, conquistar o poder, ficar famoso... – às mais sensíveis – lutar por uma causa, engajar-me, militar... – adquirem com o tempo, *se ocupam por tempo demais todo o espaço de uma vida*, algo de pesado, de ruim, eu diria de "desesperadamente ruim" pela crispação inevitável que o esforço de se manter em um trilho, de agüentar a qualquer preço, gera. "Em nossa família, somos crentes. Nossos filhos sempre foram à missa..." O terceiro filho, para a consternação geral, não só se droga, como é traficante. Ou ainda: um empresário gastou toda a energia de sua vida para construir sua firma. Tem três filhos. E percebeu recentemente que nenhum deles vai continuar os negócios. "Para mim, só importava a família..." Aflição profunda.

◆

PARA ONDE VOCÊ VAI COM TANTA PRESSA?

O sentido da vida não é nem transmissível, nem hereditário. Em que ponto sistemas aparentemente coerentes entram em colapso? Tudo, no mundo das aparências, pode ser "edificante" e, mesmo assim, o edifício revela-se rachado até a base. *A vida*, chamemos dessa forma aproximada a força perturbadora que se encarrega a curto ou a longo prazo de destruir qualquer sistema, não leva em conta boas intenções. Não que as intenções mencionadas não sejam sinceras, mas *a vida* não as respeita. Em toda crença, em todo princípio, em toda ideologia, ela pressente o "sistema", a resposta pronta. *A vida* só tolera a longo prazo o imprevisto, a reatualização permanente, a renovação cotidiana das alianças. Elimina tudo o que tende a conservar, a salvaguardar, a manter intacto, a pregar no muro.

Uma religiosa contou-me um dia como, no navio que a levava para uma missão ao Camboja, o sentido de sua viagem desmoronou num único instante quando ela subiu para tomar ar no convés. Subitamente esvaziada até o âmago de tudo o que poderia justificar e legitimar essa missão em terras estrangeiras, viu-se num desespero profundo e total diante de todas as suas crenças arrasadas. "Em tudo entrava água, tudo naufragava." Essa passagem radical, das representações religiosas à experiência do nada, parecia-lhe, como a narrava hoje, ter sido a chance de sua vida. "O budismo que me acolheu levou trinta anos para me fazer recuperar o cristianismo. Com certeza não exatamente aquele que eu havia perdido!" Era uma bela pessoa que mais tarde tentei em vão reencontrar.

A desilusão política não é diferente. Ver um sistema ideológico fazer pouco-caso da maior esperança dos homens é justificadamente intolerável. No entanto, o instante em que um conjunto de esperanças coletivas se esclerosa em um sistema de poder é freqüentemente detectável. Muitas vezes amigos, antigos militantes comunistas, contaram-me que logo sentiram um mal-estar diante desta ou daquela opção de seu partido e que imediatamente a abafaram por "lealdade".

Não se trata entretanto de deixar a amargura predominar, de renunciar a qualquer ideal! O que importa é testar a cada dia esse ideal com a vida, *ousar uma resposta única* (proveniente do rico húmus da experiência acumulada) *a uma situação única*. É a grande disciplina à qual somos convidados a cada novo dia.

Quando considero meu passado, espanto-me com o rigor com que me arrancaram uma ideologia após a outra. Mesmo as mais modestas. Toda vez que esboço um simulacro de teoria, a vida, num abano, a faz cair de minhas mãos. Um único exemplo: minha última "vaca sagrada". Após anos de Leibterapia[1], ela adquiriu um nome: despreocupar-se. Eu a via como uma prescrição inabalável, um dogma suave, o que permanece quando se pensa estar livre de todo o resto. Durante todas as semanas que precederam a morte de meu pai, tinha no coração apenas um pedido: o de vê-lo relaxar sua postura que me parecia uma tensão, sua disciplina de cada instante, abandonar-se diante da aproximação da morte, sim: despreocupar-se!

Pensar em sugerir a esse pai querido como deveria morrer parece-me hoje de uma arrogância indizível. Para um homem que atravessou esse século de ferro e de inferno inteiro, e que vinha de uma época em que ainda se morria de sua própria morte, não se sugere como convém

---

1 Trabalho com o corpo pela movimentação e pela respiração da escola de Graf Dürckheim.

morrer! Por isso, no momento de seu último suspiro, tentou endireitar-se e ficar de pé. Descobri mais tarde lendo Friedrich Weinreb que alguns *zaddiks* pediam, na hora de morrer, para serem colocados de pé, e só agora entendo a mensagem. "Você não sabe até que ponto não sabe o que não sabe" (Rabbi Nahman). O humor de meu pai era encantador. O pensamento de que do outro lado do mundo ele possa sorrir dessa última lição à sua filha ilumina um pouco minha consternação.

A vida rompe nossas ideologias, as boas e as ruins, na medida em que progredimos.
A vida não tem sentido, nem contramão, nem sentido obrigatório.
E, se não tem sentido, é porque vai em todos os sentidos e transborda de sentido, inunda tudo.
Ela machuca quando se quer lhe impor um sentido, forçá-la em uma ou em outra direção.
Se não tem sentido, é porque *é* o sentido.

É, mas como tornar a encontrar o caminho nesse labirinto? Como se encontrar nele?
Um bom começo é abandonar a própria esperança de achar uma chave para o enigma, ou melhor ainda, abandonar o medo de se perder.
"A floresta jamais se perde", diz o mais belo dos *koans*.
Mas, sem esperança e sem medo, o que resta? Como Sacher, o velho criado de Oblomov, indignado com a ordem de seu mestre de, por fim, limpar a cama: "Mas o que seria, pergunto-lhe, um sono sem piolhos e sem percevejos?", podemos nos perguntar: Da vida, o que resta sem medo e sem esperança?

◆

Não conheço nenhuma metáfora mais inspiradora para roçar o mistério da criação do que a do *nó* da tradição hebraica.

De que modo o visível está ligado ao invisível, o sagrado ao profano, o corpo à alma? Por mil fios emaranhados e unidos num nó.

Sábios da Ásia Menor perguntaram a Alexandre, o Grego, apontando o nó górdio: "Sabes de que modo os mundos estão ligados entre si?" Ele respondeu *à texana* como um *terminator* qualquer em liquidação, com um gesto que lhe valeu a admiração dos imbecis: com um golpe de sabre! Cortando o nó no meio, ele ratifica o drama do Ocidente: a morte da relação, a era da dualidade, o terrorismo do "ou isso, ou aquilo" que atravessa toda a instituição de nosso imaginário, do político à informática (elaborado com base nos dois). Desde então, o prodigioso desdobramento da riqueza que mora *entre* os pólos, o próprio espaço da respiração, é sacrificado. Nasceu o mundo moderno.

O que quer dizer esse nó? Esse nó que, no comentário talmúdico, Deus carrega na nuca quando Moisés o vê de costas.

O nó exprime o mistério do mundo criado. Nada é linear, causal ou previsível. O nó nos diz: tomem conta do mundo e de tudo o que nos encontra. A falta de atenção nos custaria caro, faria com que perdêssemos os encontros mais importantes. Você nunca sabe a que o fio que está segurando está amarrado do outro lado. Na outra ponta.

Cada desconhecido que você encontra pode ser o mensageiro dos deuses.

"Exercei sempre a hospitalidade, pois muitos de vós, sem saber, abrigaram anjos" (São Paulo, *Carta aos hebreus*, 13-1).

Cada gesto que você faz pode abrir-lhe ou fechar-lhe uma porta. Cada palavra que um desconhecido gagueja pode ser uma mensagem dirigida a você. A cada instante a porta pode se abrir sobre seu destino e, pelos olhos de qualquer mendigo, pode ser que o céu esteja olhando para você. O instante em que você se desviou, cansado, poderia ter sido o de sua salvação. Você *nunca* sabe. Cada gesto pode deslocar uma estrela.

Essa certeza de que tudo, por mínimo que seja aparentemente e a cada instante, pode estar ligado à face oculta do mundo transforma radicalmente a vida. A neblina da insignificância dissipou-se.

Esse modo de ser no mundo me é familiar, é natural para mim desde quando eu era criança. Todos os meus sentidos estavam alertas, pois a todo momento *aquilo* podia surgir e juntar-se a mim: num maço de folhas mortas sob um plátano, no líquido preto do tinteiro, nos bolsos do avental, no pátio, no fundo de uma caixa cheia de botões de madrepérola num armarinho. A qualquer momento algo inapreensível podia surgir e me arrepiar. A vida inteira era sagrada até que me convenceram no colégio de que tudo o que tinha importância estava fora de mim, quase fora de alcance, e de que eu precisaria ingurgitar toneladas de coisas para me tornar "alguém" um dia. O que me custou um desvio de quarenta anos. De maneira estranha essa sensibilidade primeira nos é restituída às vezes com a idade. São os sentidos que nos restituem o sentido. Nossos sentidos, donos do sentido, nos restituem a riqueza original e nos libertam do desejo feroz de ter razão.

OS CORPOS CONDUTORES

Estou sob o domínio de uma terrível dor de dente. O dentista de pronto-socorro a quem recorri na véspera do ano-novo instalou um aparelho provisório, mas o nervo deve ter sido atingido de certa forma, pois, a cada hora mais ou menos, durante dois ou três minutos, sinto como que um choque. Minha família fica zangada quando me vê empalidecer porque não tomo analgésicos. Mas não gosto de analgésicos. Sei que meu dentista tranqüilo de minha cidadezinha logo voltará das férias e espero por ele. Quanto aos analgésicos, não os recuso por estoicismo, mas por uma curiosidade feroz e obstinada que é o eixo de minha vida. Faço questão de viver aquilo que vem ao meu encontro.

◆

PARA ONDE VOCÊ VAI COM TANTA PRESSA?

O amor do amor também é essa loucura para a qual nunca procurei alívio. Muitos se desviam dela, querem se curar. Tornei-me a entomologista de tudo o que o amor fazia vibrar, encrespar, sobressaltar-se em mim, de tudo o que batia asas, agitava patas minúsculas, perfurava buracos e galerias em minha carne. O amor que liga o homem à mulher, a mulher ao homem e o homem e a mulher ao amor só entreabre seu mistério aos que não temem sofrer. Atenção, não estou dizendo "aos que gostam de sofrer", mas aos que não recuam diante das passagens obrigatórias pelo sofrimento, aos que não recuam quando se trata de atravessar o vau pelas pedras de uma torrente violenta.

O que vincula o homem à mulher, a mulher ao homem?
Acho que, originalmente, tudo os separa. Não se ousa exprimir o suficiente a diferença radical de seus seres. Lembro-me do diálogo entre Azkia, o viajante perdido, e uma das guerreiras da Cidadela das meninas[1], tal como escrevi em outros tempos.

"Homens e mulheres, destinos inextricáveis, árvores enredadas nas coroas misturadas, quem os separaria?

– Ah! deixe disso – disse Sharka –, você não vê que já estamos separados sob nossas coroas quebradas?

– Separados? Pois bem, pouco importa! Vire a ampulheta! Não é sempre a mesma areia que cai? O amor doce é o que encerra o homem e a mulher num único arabesco. O amor doce é o que reconcilia o irreconciliável, liga o que os deuses invejosos separam. Que belo é o pequeno segundo de eternidade em que os pássaros da noite, voltando para seus ninhos, cruzam com os pássaros do dia que despertam... Que belo é o pequeno segundo em que

---

1 Christiane Singer, *La Guerre des Filles*, Albin Michel.

a morte que está chegando bebe a vida que parte dos lábios do moribundo. São belos os encontros furtivos do que não foi feito para se encontrar. São belos os encontros do homem e da mulher, belos e terríveis..."

O que transparece nesse diálogo se tornou com o tempo uma evidência para mim. O que faz com que o amor seja nesse fim de milênio apenas uma paisagem de ruínas é que ele pertence ao *tremendum* – ao pavor. Se nossa civilização se obstinou com tamanho furor a destruí-lo, é porque ele é impossível de integrar, é porque pertence em sua essência à ordem selvagem. À ordem sagrada.

Sagrado, segredo: um único enclave.

No amor, diz o Zohar, reside o segredo da unidade divina.

Em nosso universo contemporâneo e carcerário, inteiramente voltado ao mercantilismo e à insignificância, o que é preciso evitar a qualquer preço (realmente a qualquer preço) é a profundidade e a intensidade. Tudo está em seu lugar, construído, inventado, erguido, produzido, distribuído para desviar do amor e vedar seu brilho incendiário.

É claro que não é o amor que está ameaçado. O que está ameaçado é *nossa* faculdade de amar. Seria de fato tão grotesco querer defender o amor quanto "defender" a natureza. Nada é mais ingênuo do que uma noção como a "proteção do meio ambiente". A natureza e o amor é o Uno – o Tudo. Nossa sociedade jamais extirpará o amor da criação como jamais apagará a Via Láctea, mas conseguirá extirpar a si mesma. O que está ameaçado é nossa participação no concerto, não o concerto. É nosso galho que serramos, é nossa participação na festa que comprometemos. Reduzindo o campo vibratório do amor em nossas vidas, expulsamos nós mesmos do domínio dos vivos. O campo dos mortos e dos zumbis aumenta seu perímetro.

◆

PARA ONDE VOCÊ VAI COM TANTA PRESSA?

O frenesi que tudo degrada ataca primeiro os corpos. Talvez o pior seja o hábito que estamos adquirindo lentamente de permitir pelas palavras ou pelas imagens essa profanação dos corpos. Em todo lugar reina esse discurso que mecaniza, legisla, arquiva, classifica, categoriza. Falando de sua geração, enviada aos quinze anos para a guerra fascista, Günter Grass dizia: "Eles nos recrutaram, nos mataram e nos ficharam – e desses três estados talvez o terceiro seja o pior." Eu pensava nisso diante de um catálogo de uma agência de modelos com rubricas como: bocas, seios, nádegas, pernas, pés, etc. Recrutadas, medidas, fichadas. O doutor Mengele não está mais longe. Essas mulheres tão belas, essas sacerdotisas destinadas aqui ao martírio da insignificância e da profanação nos muros da cidade sob nossos olhares tolerantes e viciosos – isso já não é algo ignominiosamente familiar?

Um outro discurso funciona como elemento de destruição: o discurso higiênico e pseudocientífico que transforma o vivo em norma, em números, em química – que se obstina em confundir a vida e o suporte físico de sua manifestação, que retém de todo um poema apenas a composição química do papel no qual foi impresso. Numa longa entrevista ao *Le Monde*, um famoso pesquisador[2] interrompe a pergunta, talvez já muito metafísica a seu ver, do jornalista: "E a sede do sentido da estética é no cérebro?" "Já evoquei acima a interação do lobo frontal e do sistema límbico!" Quando o doutor Diafoirus se alia a Frankenstein...

Não se trata certamente de começar a deplorar, mas de acordar nossas memórias profundas. Não existe compromisso possível no amor sem o respeito dos corpos. Sem

---

[2] Não citando seu nome, deixo-lhe a chance de ter mudado.

uma comoção diante do enigma do corpo – o alambique de toda alquimia!

O hebraico, lembra-nos Annick de Souzenelle, não tem palavra para dizer corpo. Enquanto o corpo não entrou em contato com o germe de Deus, é cadáver. Em seguida torna-se *carne*, carne de vida e de luz, na fulgurância do amor.

São os cadáveres que "fazem" o amor desse fim de século. Já a carne dos amantes o celebra.

Por que é tão imperativo operar uma reviravolta e ligar novamente em nossas consciências o amor do homem e da mulher ao divino? "O amor não é definível", diz Ibn Arabi[3]. "É uma aspiração, uma energia que atrai todo o ser para sua origem divina." Só temos o amor para ter acesso ao real. Desejando ou não, suspeitando ou não, o amor nos revela a unidade irremediável da criatura e da criação inteira. Antes mesmo de darmos um suspiro, a imensidão já nos absorveu. O amor entrega-nos o mistério do uno, nele nos acolhe após transpormos o limiar do pavor. Perder-se! Sim, para se encontrar. O amor nos oferece a oportunidade de morrer sem termos de deixar a vida! E isso a cada vez de novo, pois a realidade, para ingressar em seu florescimento e em sua libertação, precisa dessas punções de eternidade que só os que amam são capazes de lhe dar.

Reduzir a sexualidade a uma "atividade de consumo" entre outras, como acontece em nossa época, ou a uma faculdade de reprodução, como a Igreja fez por tempo demais, são brutalidades indescritíveis. O acesso soberano a nossa memória profunda é com isso minado, destruído. Afinal, após imergirem na Unidade fundadora, os amantes

---

3 *Tratado do amor.*

reemergem, portadores do mistério. A relação com a realidade social e cultural de sua época muda radicalmente, sua responsabilidade aumenta, seu olhar se transforma. A doença mental que separa o homem moderno da continuidade de sua consciência cura-se.

É claro que o eros não é o único acesso à consciência divina, mas é uma só e a mesma fulgurância que o carrega e carrega a oração, o fervor, o amor incondicional. Ele fulmina como um relâmpago de cima a baixo, mas o trabalho da volta para cima e da partilha dessa energia é obra de toda uma vida. Por isso as catástrofes inerentes ao amor, os dramas de todo tipo não questionam absolutamente nada; só estão aí para evitar o pior – que seria com certeza não ter amado!

"O amor é uma criação de requintada nobreza, uma obra maravilhosa das almas e dos corpos."[4] Alguns se indagarão com humor: "Por que nunca vivi um grande amor?" como aquele garotinho que eu ouvia resmungar: "Por que nunca fui à África?" Queixamo-nos por nunca termos escrito *Le Bateau ivre* [O barco embriagado] ou *Le Cimetière marin* [O cemitério marinho]? "Um grande amor é uma grande distinção outorgada de acordo com regras desconhecidas", não sei mais, infelizmente, quem pronunciou essas palavras.

O essencial é saber que participamos do amor em todo lugar e a cada instante. Quando procuramos em nossas vidas as marcas que a ternura deixou (mesmo se em algumas de nossas existências isto é um trabalho arqueológico árduo!), criamos ao mesmo tempo um espaço de ressonân-

---

4 José Ortega y Gasset, *Triomphe de l'instant*, Glanz der Dauer – DTV, p. 103.

cia que a gera. Quando abrimos os olhos e vemos em todos os lugares da criação os reflexos do grande amor que nos fundamentam, reavivamos sua chama. Do mesmo modo, toda vez que nos maravilhamos e nos deixamos tocar, em suma, toda vez que por fim deixamos o amor *nos* encontrar!

Se o amor é de fato nosso estado natural – estado de vínculo, estado de transparência e de luz –, por que gera tanto sofrimento? De tanto me fazer essa pergunta, uma outra pergunta premente dela surgiu – o que já é melhor do que uma resposta!

E se só existissem dois obstáculos ao amor do homem e da mulher?

O primeiro seria confundir a si mesmo com a pessoa amada.

O segundo confundir o ser que se ama com o ser amado?

Talvez não seja supérfluo esclarecer essas frases.

No amor cortês, o cavaleiro corre um perigo mortal quando a dama de seus desejos desvia o amor em seu proveito. Quando, não satisfeita de engrandecer o homem que a venera com a própria adoração que ele lhe destina, procura tirar dessa situação vantagens pessoais no campo da dominação ou da chantagem amorosa.

Hugo von Hofmannsthal fala em seu diário de um sultão que se via obrigado a assassinar as mulheres que tinha amado pois "elas sempre tentavam colocar-se entre o amor e ele". É uma imagem forte. Colocar-se entre o amor e o amado! Não é o que ocorre inexoravelmente quando um dos amantes usa o amor para aumentar sua propriedade e sua biografia – em vez de se expor ao vento dourado de todas as incertezas e de todos os milagres?

◆

PARA ONDE VOCÊ VAI COM TANTA PRESSA?

Permaneçamos por um instante no nascimento do amor, quando a deflagração do relâmpago esvaziou os troncos, e quando, cara a cara, não há ninguém – ou melhor, há ninguém (*per sonare*: o que sopra de um lado para o outro). Há a vida através da qual o vento sopra. Enquanto sob o efeito da surpresa, do pavor e da sufocação permanecermos vazios, *o amor está aí*. Isso pode durar um instante, ou horas, dias, meses – até anos para os virtuosos do amor tão raros quanto os grandes virtuoses da música, esses seres que se esquivam quando a música entra!

Assim, tudo acontece como se o amor procurasse, para desenvolver suas maravilhas, vastas extensões vazias. Sob sua deflagração, o espaço se esvazia. A comoção o esvaziou – a comoção que, por si só, entrega ao desarraigado a perspectiva ofuscante do *real*. O amor lança suas ondas, estende suas marés sobre as praias imensas e vazias em que então se transformaram o homem e a mulher. O homem e a mulher visitados. Se o primeiro obstáculo é se confundir com aquele que é amado e o segundo acreditar reconhecer no outro a pessoa que amo, é porque o encontro aconteceu na verdade em outro lugar.

Não são mais dois seres que se encontram cara a cara com sua história e o batalhão de mercenários que os constituem (sejam os mil aspectos de suas personalidades recíprocas), mas dois espaços eliminados – dois corpos de ressonância, dois corpos condutores. Uma dupla ausência clara e luminosa na qual a presença se engolfou.

FALE-ME DE AMOR...

Durante a retransmissão da *Nona Sinfonia* de Beethoven na televisão austríaca, uma câmera um tanto maliciosa passa por entre as fileiras repletas e mostra os rostos. Alguns cochilam. São os assinantes do *Konzerthaus*. Muitos já conhecem a *Nona Sinfonia* e vieram para se tranqüilizar a respeito deles mesmos. Nada mudou, em Viena ainda se toca a *Nona Sinfonia* de Beethoven.

O que me lembra a reação de Dürckheim à pergunta: "Por que o senhor fala tão pouco de amor?" "Porque faz tempo demais que se fala dele sem o viver. Quando se fala dele, todo o mundo, calmo, adormece."

Como não ser assinantes ausentes, sonolentos do amor? Só vou dizer as coisas que sei e que você sabe desde sempre, mas vou tentar, entretanto, dizê-las pela primeira vez.

PARA ONDE VOCÊ VAI COM TANTA PRESSA?

Por um instante, juntos, por um só instante, vamos abrir a gaiola de nossas feridas, de nossos medos, de nossas experiências negativas, de nossos diversos saberes. Por um instante, vamos abrir esses grilhões tão familiares que nem os sentimos mais. Por um instante, vamos entrar na incandescência da memória! A amnésia na qual caímos quanto à nossa verdadeira origem põe em perigo os seres humanos e a natureza. Esquecemos que, sem o poder de amor que nos habita, o mundo está perdido. Tudo na terra chama nosso olhar apaixonado. O drama dos edifícios religiosos é a poeira com a qual o tempo os recobre. Somos continuamente chamados a gerar no tempo. A divisa das grandes agências funerárias americanas – "Morra e faremos o resto" – transformou-se em nossa sociedade contemporânea em "Nasça e faremos o resto!". Ouço nisso uma ordem diabólica de espoliamento. Este é o pacto que em algum momento firmamos: "Você promete esquecer que é um filho de Deus e tornar-se um cidadão infeliz?" "Sim, prometo." "Você promete esquecer que o mundo lhe foi confiado e mergulhar numa impotência profunda?" "Sim, prometo." "Você promete sempre confiar a alguma outra pessoa a responsabilidade de sua própria vida, a seu marido, a seu professor, a um padre ou a um médico ou, no caso de emancipação ou ateísmo, à publicidade ou à moda?" "Sim, juro." O que parece uma paródia é a realidade de nossa existência. Utilizamos a maior parte de nossa energia para esquecer o que sabemos.

Impossível dizer quando o pacto foi firmado, mas pouco importa, já que a cada instante posso rescindi-lo e entrar na incandescência da presença.

O mundo ameaça cair na agonia se não acordarmos em nós essa faculdade de louvor. É a intensidade que mais falta ao homem de hoje. Onde está o desejo, o ardor em nós? Onde está esse amor que mantém acordado? "Não é a ascese", dizia Hrabia, "que faz com que atravessemos a noite sem dormir, é o amor que nos mantém acordados." Todos esses seres ao nosso redor que se queixam de falta de energia esquecem o fervor.

É hora de abandonar essa insipidez repugnante a partir da qual nossas culturas desfiguraram o amor, a trapalhada idealista sobre o amor que visa desarmar-lhe a carga explosiva. Viver num não-ódio, numa não-agressão, num semipacifismo não é viver no amor. Chamo de amor tudo o que é porosidade absoluta à Sua Presença. Lembro-me de um trecho de *La Présence ambiguë* [A presença ambígua], de Hamidou Khane, que evoca o drama da aculturação: "Tenho pena desses homens da Europa por não estarem mais repletos de assombro sagrado diante do nascer do sol." Reencontramos esses espaços do toque da Presença, em todos os lugares onde o ego, o desejo de poder, a manipulação não turvaram a água: diante da natureza, diante de uma criança, diante de um animal, diante da beleza de um olhar, de um corpo, de um rosto, esses espaços diretamente ligados com o divino. Porém esses espaços são precisamente os locais sacrificados, profanados de nossa sociedade. O que encontramos nos olhos de um animal, assim como quando uma criança nos olha, interroga-nos de forma tão aguda: "O que você fez com a sua vida?", que para nós é insuportável. Vejo aqui a razão do massacre dos inocentes que é o cotidiano de nossas sociedades. *Não conseguimos mais agüentar esses olhares que nos perscrutam até as entranhas.* Conheci uma garota, há anos sob tratamento psiquiátrico, que tinha feito estágio como engenheira agrônoma numa empresa de criação de porcos.

◆

"Quando eu entrava para ligar o distribuidor automático de comida, eu tinha de evitar a qualquer preço cruzar um olhar naquela massa de choramingos diante de mim, para não berrar de aflição por aqueles quinhentos animais num espaço cimentado!" Para os animais, todos os dias são Treblinka. Durante o abate de centenas de milhares de "vacas loucas", eu pensava apenas no olhar desvairado daquelas que foram deusas na Grécia, e pensava em todos os homens infelizes que se tornam os realizadores desse massacre em massa e que estão eles mesmos sob a faca do açougueiro e serão assombrados a vida toda por visões de carnificina (o horror sempre provoca mais horrores).

Quando meu filho Raphaël tinha quatro anos, em Rastenberg, e ainda tínhamos vacas, o encontrávamos sentado, as pernas penduradas nas manjedouras, os olhos nos olhos dos bovinos. Vinha abeberar-se da eternidade.

Nos vilarejos esquecidos da Polônia, disseram-me, as vacas ainda se apóiam no ombro do camponês que as ordenha.

Quando, na Índia, deparei com o olhar de ermitas ou de *saddhus*, olhares nos quais entramos e nos perdemos, disse a mim mesma: "Conheço esses olhares, já os vi nessa terra." Era o olhar dos recém-nascidos que eu havia conhecido.

Como o dos animais, esses olhares nos falam da Presença. Não há nada neles que seja um obstáculo entre o amor e nós, não há ninguém que se interponha, não há a filtragem do ego. Por isso não conseguimos mais agüentar esses olhares. E é por essa razão que o território da infância está sujeito a agressões sem misericórdia; nossa ordem social e industrial não visa nada além de sua extinção. Ela constitui uma falha geológica no espaço dito civilizado, que é preciso a qualquer preço encobrir. Abre para o desconhecido, para o sagrado, para o insuportável e, se for provado que essa dimensão existe, todo o universo fabricado se torna caduco. A avalanche de engenhocas e de máquinas diabólicas que despejamos sobre as crianças antes que tenham atingido a idade da abstração é um empreendimento de destruição; seus olhos se apagam, tornam-se quadrados como as telas e cheios de imagens mortas e mortíferas. Então estamos livres de seus olhares! O mesmo ocorre com todas as sujeiras, brutalidades e violências de todo tipo a que as crianças são submetidas. Tudo visa apenas, em graus diferentes de infâmia, a apagar esses olhares insuportáveis pousados em nós: "O que você fez com a sua vida?"

O mesmo ocorre com todos os espaços diretamente ligados à Presença em nossa sociedade. O amor do homem e da mulher, epifania da divindade, tornou-se espaço minado. Os painéis publicitários repletos de corpos de mulheres parecem-me às vezes um varal de peles sob a faca dos esfoladores. Em resumo, tudo o que é sagrado, secreto, está virado como pele de coelho esfolado, profano, irrisório, tão inútil quanto a transformação da qual Stendhal fala em *Henry Brulard*: um tiro, e a maravilha que um faisão em pleno vôo é transforma-se numa pequena quantidade de carne morta.

Mas falando demais da luz correríamos o risco de criar a sombra. Não nos propomos aqui ser mercadores de ilusões, não temo nada tanto quanto as ilusões e os idealismos, sei que os cultos de pureza criam o inferno e que as ideologias que colocam de um lado as belas almas e do outro os monstros rapidamente construíram seus *gulags*, soltaram seus demônios. Não estamos aqui para nos acalentar uns aos outros, mas para despertarmos juntos, para despertar em nós a memória adormecida da aliança fundadora de nosso ser, para nos perguntarmos como alcançar de novo *o que é*.

O amor enfeite, o amor que embeleza as aparências, que recobre o que não é apresentável – o reboco *in extremis* da fachada social não é amor. O "amor", ou o que acreditamos ser o amor, antes da altercação, do atrito, do corpo a corpo com a criação, da luta com o anjo, da confrontação com a sombra que está em nós, este amor é apenas o reino da afetação.

O que chamo de amor está integralmente nesta frase de um rabino sobrevivente de um campo de concentração: "O sofrimento calcinou tudo, consumiu tudo em mim, menos o amor." Se essa frase nos atinge em cheio é porque sentimos como estamos longe das representações, do decoro da alma. *O amor é o que sobra quando nada mais sobra*. Temos todos essa memória no fundo de nós quando, além de nossas derrotas, de nossas separações, das palavras às quais sobrevivemos, surge, na calada da noite, como um canto que mal se pode ouvir, a segurança de que, além dos desastres de nossas biografias, de que, além até da alegria, da tristeza, do nascimento e da morte, *existe um espaço que nada ameaça, que nada jamais ameaçou e que não corre nenhum risco de ser destruído, um espaço intacto, o do amor que fundamentou nosso ser*.

Qualquer um que tenha se comprometido na louca aventura de amar, entrará mais cedo ou mais tarde na incandescência dessa estepe incendiada. Saindo da inocência, temos que tornar a atravessar o espaço que nos separa. Jean-Yves Leloup lembrava-nos da sincronicidade do nascimento do Cristo e do massacre dos Inocentes. No mesmo dia! "Formo a luz e crio as Trevas." (Isaías, 45-7) Aqui é louvado o mais estrondoso, o mais ofuscante mistério da criação. Qualquer um que se comprometa na aventura de amar contra tudo confronta-se mais cedo ou mais tarde com o inaceitável, com a noite, com a falta de sentido total, *com a perda do sentido*, com a pergunta: "Para que serve amar? Para chegar a isso!!!" "Terei o mesmo fim que o insensato, por que então agiria com maior sabedoria?", lamenta-se o Eclesiaste (2/16). E, diante das três cruzes erguidas para a Páscoa, quem não se perguntou "já que Ele teve o mesmo fim que os bandidos, de que serve amar?"... a perda das ilusões, a perda das representações, das esperanças, dos ídolos.

Existe uma passagem obrigatória pela sombra, pela morte de nossas representações. Essa jovem mulher, vítima de incesto na infância, que acreditou morrer ao nos confiar seu segredo obscuro: ela ia todo primeiro dia do ano sozinha à praia e enfiava a faca que levava, escondida sob a camisa, na areia. Depois de nos contar seu segredo de desventura, obteve finalmente o amor que acreditava que perderia com essa confissão – e seu próprio perdão.

Ou esta cena inesquecível em um outro seminário: uma mulher arrasada pela recordação que voltava – havia vinte anos desejara a morte de seu filho. Cheia de ódio por si mesma e de vergonha. E uma voz de repente, acho que a minha, e era entretanto uma voz: "Há alguma outra mulher entre nós que desejou o mesmo em algum momento de sua vida?" E aquele instante silencioso em que, lentamente, uma após a outra, as mulheres se levantaram e se apresentaram. O que aconteceu então é da esfera do mistério iniciático. "Morreu em mim o juiz de meus irmãos e de minhas irmãs." Indescritível, essa corrente de reconhecimento: assim, você é eu, e eu sou você, e nós acreditávamos estar separados.

O que saiu do úmido – do pântano da auto-acusação, do ódio de si – está agora em local seco, onde não pode mais proliferar. A *sombra* mora no lodo e nele prolifera. No local seco da consciência, resseca e morre, deixa-se obliterar, se me permitem falar nesses termos. Nossa miséria de assassino potencial é necessária para revelar-nos que tudo pode ser transmutado! No espaço assim liberado, o amor e a compaixão absoluta se engolfam.

Na verdade, somos muitos a fazer grandes esforços para que o mundo se torne mais habitável, e muitos a nos sentir contudo impotentes. Quantas iniciativas louváveis, quantos esforços de boa vontade, quanta criatividade para mudar as coisas, as estruturas, os programas, as leis! Quanta criatividade, quanta inteligência, quanta até genialidade para um resultado tão medíocre! O que falta a essa escola recém-inaugurada, que tem grandes espaços claros bem arejados, que atende a todas as normas de segurança, para que as crianças não ajam mais como vândalos, não se sintam como numa estação de triagem? O que falta a essas casas de repouso construídas com a maior eficiência, com portas automáticas para as cadeiras de rodas e com uma higiene irrepreensível para que os idosos nelas não definhem? Não ficamos tão ocupados com as instalações sanitárias a ponto de não vermos seus olhos procurando nossos olhos? Brigamos pela eqüidade, pela justiça, mas sentimos ódio dos criminosos no coração. Indignamo-nos com a degradação da comida, com a qualidade imunda da carne, dos legumes e das frutas, com as manipulações ignóbeis, e a raiva que sentimos agrava o ódio e o envenenamento. O estado desse mundo me enoja, me indigna, me fere, e isso é melhor do que a indiferença, mas nada será mudado se eu não entrar na compaixão. A verdade não pode ser uma maça com a qual se desfere um golpe na cabeça do vizinho; só pode ser essa roupa de compaixão com a qual cubro seus ombros. Tudo permanece inútil até o dia em que, confrontados à desertificação dos corações humanos e do planeta, fundamos um oásis. Oh, de início, não muito maior que um grão no fundo da mão, não muito maior do que um grão no fundo do coração. Na noite de Páscoa, em algumas regiões, os fogos de Páscoa queimam em todos os lugares na colina e na montanha. A gente os vê e diz: lá também os homens e as mulheres montam guarda contra a noite e velam, aguardam a aurora, acreditam nisso. Contei, em meu livro *Rastenberg*, como a menininha que fui e que jurou voltar ao *local do crime* aterrissou, em virtude das brincadeiras do destino, a alguns quilômetros do vilarejo onde está enterrada a mãe de Hitler, e que essa menininha, ainda hoje em mim, monta guarda ali. Voltar ao local do crime para que não fique deserto, nem seja assombrado pelos demônios. Ato de amor e de retorno. Ato irrisório e útil.

Conta-se em Praga que o famoso Rabbi Löw, que tanto respeitava o imperador Rodolfo II, foi um dia alvo das pedradas de um grupo de crianças numa ponte da cidade, e que, assim que as pedras o atingiam, transformavam-se em botões de rosa; por muito tempo me perguntei o que tornara aquele milagre possível. Por fim encontrei, uma noite, nessas insônias que se tornaram minhas tebaidas, uma resposta que me satisfez. Se Rabbi Löw conseguia transformar pedras em rosas, é porque amava tanto as crianças que não podia permitir que elas se tornassem as assassinas de um velho.

O milagre do amor é estar de pé na noite, cheio de silêncio no estrondo da insignificância, cheio de louvor no meio do ódio.

◆

HISTÓRIA DE CRIANÇAS

A paz? Os adultos padrão querem apenas que os deixemos em paz – e repousar em paz o mais tarde possível.

Desse modo quem inventaria a paz senão as crianças?

Pelo menos enquanto as telas mornas e lúgubres não vomitarem em seus olhos de luz toda a feiúra do mundo!

As crianças cuja história vou contar tinham – juro por tudo que há de mais sagrado – essa faísca sempre viva no fundo de suas pupilas, esse brilho de alegria que incendeia os corações em pouco tempo quando suas portas não foram blindadas.

Por que estavam alegres?

◆

PARA ONDE VOCÊ VAI COM TANTA PRESSA?

Acho que todas as crianças são alegres até que lhes perguntem por quê. Objetivamente, de fato, essas crianças não tinham "razão" de estarem alegres: descalças, mal vestidas, comendo sem dúvida apressadamente em latas, muitas vezes com o nariz escorrendo e os olhos remelentos. Mas a "razão" delas – era realmente uma razão? – era esplêndida: estavam vivas!

Para os abastados, do outro lado do mundo, estar vivo é estar saciado, alimentado, não sentir sede, não ter piolhos, estar vestido, o que não merece maiores delongas. Mas, para essas crianças, isso não era fato consumado!

Mal acreditavam que estavam vivas, que pulavam, saltavam, se abaixavam, cantavam aos berros, viam no chão em pleno meio-dia o calor ondular como uma cobra com mil anéis impossível de pegar... que estavam ali, simplesmente ali, na poeira da África generosa e quente, ali, ali, testemunhas da Vida!

É, minha história se passa na África. Devo-a a um maravilhoso jovem de oitenta anos: o filósofo e místico Raimund Panikkar.

Marc, um jovem amigo americano, decide evitar o serviço militar e se engaja no serviço social por um ano. Torna-se monitor de esportes numa aldeia africana. Graças ao esporte, não será obrigado a transmitir modos de vida, dogmas, ideologias. Poderá se relacionar com os jovens no simples prazer do movimento e convidá-los a se superar no esforço. Pelo menos é o que ele acha.

Só há uma coisa na qual não reparou: o quanto esse produto de exportação, o "esporte", exala rivalidade e competição e o quanto sob a simpática fantasia – malha e tênis – transparece a obsessão de afastar o outro e ganhar. Ganhar de todos e contra todos. Contra a vida, se necessário. Em suma: todas as opções guerreiras do cinismo econômico.

Por enquanto, nosso jovem americano, ainda "incluído" em seu sistema de origem e justamente por isso cego, não percebe nada. O "esporte" permite estar junto, só isso, brincar e vibrar e esquecer o suplício do cérebro, o horror que é ingurgitar tantas respostas a tantas perguntas que ele nunca se fez! Ah é, comparado ao sofrimento da "escola sentada", o esporte é indulgente!

Aí está o rapaz diante das crianças. Acredita que são mais do que realmente são. Pelo menos, vê muitos pares de pernas, muito mais pares de braços do que o número anunciado permite prever, e ouve muito mais risada do que há fileiras de dentes! No entanto, são apenas doze – um azougue!

A especialidade de Marc nas escolas americanas, onde faz um bom trabalho, é chacoalhar a inércia dos jovens e principalmente a de seus traseiros acostumados a se acomodar, mortos e pesados, em sofás. Percebe bem que a situação aqui é diferente, mas seu potencial de recursos aprendidos não a havia previsto. Por um instante, como uma brisa, passa-lhe pela cabeça a idéia de ensinar primeiro a esses jovens a brincar com ossinhos, com piões, as brincadeiras que tinha observado na praça da aldeia. Mas, enquanto uma instância nele, lúcida e perspicaz, hesita e desconfia do absurdo de seu plano, como bem freqüentemente acontece, é a parcela "especialista" de sua pessoa que se infla e triunfa. Reúne então o pequeno grupo ao seu redor, explica as regras, mostra as balizas da pista, seu cronômetro incorruptível e seu apito.

É erguido um pódio para o vencedor: duas caixas sobrepostas, ao lado de duas menores onde ficarão, pela ordem de chegada, o segundo e o terceiro.

Os prêmios estão dispostos em uma folha de bananeira: três sacos de pipoca – um muito grande e dois médios.

PARA ONDE VOCÊ VAI COM TANTA PRESSA?

É isso. Tudo está pronto. Após diversas contorções acrobáticas, as crianças estão alinhadas na posição de largada.

Impera a ordem.

E, no instante em que o apito ressoa, as crianças saltam para a frente, como se propulsionadas por molas, e deslancham. Mas, no próprio impulso da largada, seus braços se abrem e eles se dão as mãos!

Correm juntos.

Num vento de poeira dourada.

Correm juntos.

Essa história verídica contém em si outras histórias verídicas e todas as que ainda não aconteceram, mas que esperam para desabrochar.

Os deuses de cinza e de sangue, de morte e de ferros cruzados, os deuses da competição, da rivalidade, da dominação e da guerra, quem pode nos obrigar a venerá-los?

Em todo lugar onde as mãos se unem e se juntam continua a história mais antiga da natureza e da humanidade, a saga da solidariedade. Novos elos enredam-se na rede que nos impede de cair no abismo da desumanidade.

A MEMÓRIA VIVA

"Só há memória na direção do mundo que vem", diz Rabbi Nahman. Uma parte de nós já se lembra de amanhã e de sempre. Mas, diante desta porta, uma outra parte de nós, na defensiva, monta guarda. Uma parte que também se poderia chamar de fiel, mas ferozmente fiel à obstinação de não saber, de não se lembrar de nada.

Há muito essas duas fidelidades postaram-se uma diante da outra. Uma é de luz, a outra de trevas.

A primeira foi concebida no ventre das mulheres, é infinita, é de um fio que nada rompe e, apesar de todas as aparências de dilaceramento e de ruptura, liga toda vida ao verbo fundador, à semente primeira, ao princípio divino.

PARA ONDE VOCÊ VAI COM TANTA PRESSA?

Quando o anjo do esquecimento se lança sobre a criança que nasce e bate em sua boca, como é narrado no Talmude, começou o exílio. Todo o conhecimento inscrito nas células do recém-nascido está a partir desse momento selado, inacessível, como que proibido.

Começa então o longo calvário da ignorância: a vida do homem.

Tudo o que você encontrar daí por diante vai considerar a realidade absoluta. Todas as fantasias, todas as máscaras, todas as mascaradas da sociedade e seus valores, as regras do jogo, as confusões, os comprometimentos, tudo será coisa certa.

O primeiro homem e a primeira mulher que se encontra – pai, mãe – são seus deuses e marcam em sua cera ainda mole rastros indeléveis. Suas feridas tornam-se as suas. Por cem vezes a biografia o engole, por cem vezes você escapa dela, por cem vezes ela o apanha novamente para moê-lo e triturá-lo. Você diz "minha mulher, meu marido, meus filhos, meu cachorro, minha casa". Você diz "meu emprego, minha escova de dentes". Você diz "meu temperamento horrível, minha sorte ou meu azar, minha carteira de identidade, meus hábitos". Você diz, mas sente bem, por atrás desses fonemas, o sopro do vazio. Você sente bem que, de tudo isso, você nada tem, que está tateando o desconhecido, as mãos tensas, úmidas, ansiosas. Você esbarra nos cantos de móveis em quartos desconhecidos. Você já não reconhece mais nada do que no instante anterior lhe parecia familiar, e é o frio na barriga, lancinante, que sobra, bem familiar, bem seu... ele, sim, lhe pertence. Está escondido no ronco das entranhas. O mesmo medo que em outros tempos você sentia quando brincava de cabra-cega com os vizinhos. Toda vez que você achava estar pegando um pedaço de roupa, soltavam-no, vazio, em suas mãos; os risos o enganavam, as esbarradas o iludiam, as mãos que você achava estar pegando o repeliam, o turbilhão do pavor aumentava, cravava-o em um espaço cada vez mais enganador, estreito. E, mesmo quando lhe tiravam a venda para que pelo menos você parasse de chorar, o mundo que reencontrava mudara. A partir daquele momento, você não confiava mais nele, ele revelara-lhe sua face grasnante e careteira, sua gárgula. Você não esquecerá mais. As recordações ruins cuidam muito das coisas terríveis e más. Não as devolvem, conservam-nas no vinagre do rancor.

A biografia toma de você o lugar da *vida* durante muito tempo – você confunde as duas –, e o inferno desse engano bloqueia a passagem para a outra memória. Cada novo sofrimento aperta ainda mais o parafuso. O carcereiro invisível se diverte.

No entanto, seu coração é generoso. A esperança o levanta, o desespero o esmaga – mas a vida o joga de uma falésia à outra, da esperança ao desespero – e despedaça seu corpo entre o rochedo. Ora é a esperança que o arrebata, a esperança de que ainda há algo a ser salvo e de que você vai conseguir. Há em você uma força salvadora que o abrilhanta, mas logo o deixa impaciente, rijo, de tanta esperança! Essa parte do mundo que se opõe à luz, você vai pulverizá-la. Começou a nova cruzada! Existe uma esperança que o envenena. Pronto! Você poderá por um instante suportar essa revelação, ficar sentado com ela, as mãos nos joelhos, como os velhos transformados em pedra nos bancos públicos? Poderá suportar a consciência de que a esperança de um mundo melhor pulveriza seus inimigos, aniquila o mundo tal como é, quer o mundo rompido, aniquilado? Esperança feroz das cruzadas antigas e novas!

◆

PARA ONDE VOCÊ VAI COM TANTA PRESSA?

Mas logo em seguida é a ressaca do desespero que o arrebata. Você lê num jornal: Crescimento do fascismo na Europa. Seu coração dispara. Trevas, o mundo se apaga ao seu redor. Um véu desce sobre todas as coisas criadas – um véu opaco. O demônio acorda, espreguiça, ronrona nesse mundo de ódio, de voracidade, de rapacidade, que desceu tão baixo, que nenhum sobressalto fará com que volte a subir. Essa criança por exemplo, essa criança que você observava ontem do terraço de um café, os olhos tão claros, extasiada diante de uma cascata de buganvílias, eis que seu pai vem arrancá-la de sua contemplação e a enfia sob seu braço como um saco de farinha roubado, leva-a resmungando reprimendas "você não está vendo que... as pessoas, os carros... não pode". É a humanidade que o ogro leva sob o braço rosnando ameaças. Você não nasceu para olhar as flores, mas para vegetar conosco no lodo. Você precisa saber. Você não viverá! Você é um dos nossos. Venha primeiro comer seu bife! Mãe e pai se revezam então para empurrar por entre os lábios da criança pedaços de carne que ela cospe a princípio antes de começar a mastigá-los lentamente, os olhos perdidos no vazio, vencida. É disto que sou testemunha – o desespero me envisca.

Mas o que espero então nessa terra? Um resultado imediato a meus impulsos generosos? Uma reviravolta instantânea? A salvação deveria então ser um criado que aparece assim que toco a sineta? Ah, o que seria um mundo que atendesse imediatamente ao estalar dos dedos do pequeno senhor que sou? Ah, pare, pare de ser esse fantoche que oscila entre a esperança e o desespero! Pare!

O furacão inútil da urgência não dá frutos. Só a paciência dá frutos, só a duração. Um fio de cabelo separa a queda da graça.

◆

A MEMÓRIA VIVA

Quando a raiva e a indignação diante das derivas do mundo são aceitas, quando a complacência em nos conformar com o buraco que escavamos em terra de exílio também é aceita, é possível começar alguma coisa. O cenário sórdido que nos lança para fora de nós, para fora de toda memória, que desagrega a unidade sagrada, encontra-se então suspenso.

Estar cheio de esperança dentro de um desespero total, apreender a unidade perfeita da esperança e do desespero! Até a separação que você vive é inevitável, ela não é entretanto a única realidade. Quando espera, você é a fração do mundo que espera, e, quando perde a esperança, é a fração do mundo que perde a esperança! Só isso.

Hoje, olhando, sentada diante de minha casa, o vento na grande tília, compreendi que tudo já é perfeito, ou melhor: que *nada é ainda totalmente perfeito*, que a imperfeição é produto de meu espírito, a farpa de uma expectativa, de uma esperança vã na carne gloriosa da Criação.

Já sabia disso aos quatro anos diante dos plátanos do jardim-de-infância. Mas, para tornar a encontrar a mesma qualidade do que se percebeu desde o início, é preciso fazer o desvio grande, louco, feroz pela existência.

A memória luminosa tem raízes aéreas no passado, é viva, imprevista. Não puxa para trás, empurra para a frente. Pode brotar em todos os lugares em que menos se espera – como o mel brota do rochedo no Deuteronômio (32).

Um dia, um sabor na língua, um murmúrio longínquo, um tropeço, um roçar... O que é certo é que isso passa pelo corpo, pelos sentidos, nunca pelo conhecimento ou pela vontade. Isso vem do fundo dos bastidores da vida, de algum canto empoeirado, nunca visitado, por demais negligenciável para ser explorado.

◆

PARA ONDE VOCÊ VAI COM TANTA PRESSA?

A madalena mergulhada no chá, o calçamento desigual do hotel de Guermantes, o modo como uma desconhecida afasta uma vespa de sua testa, o ranger dos passos do carcereiro no pátio de sua última prisão, Rosa Luxemburgo! E, num instante, você sabe que não tem nada a temer e que você não está no lugar onde virão buscá-lo para executá-lo. Num instante, você está fora da prisão, velho amigo Eduardo, que escapou das masmorras do Chile, não porque alguém que você nunca soube quem era veio abrir a porta como você conta, mas porque, durante esses intermináveis dias e noites, soube de repente que quem mantinham trancado não era você.

A vida verdadeira entra escondida como um ladrão. Nunca visto – ela começa por um sedoso arrepio nos galhos do jardim, por uma raposa que se esgueira –, tão silencioso quanto um "anjo tímido". ("Por que nunca se vê Deus?", pergunta-me um garoto da aldeia. Minha perplexidade lhe permite encadear a melhor das respostas, uma outra pergunta: "ele é tímido como as raposas?".)

Impossíveis de pegar. Eis como se despertam a memória e a vida.

Imprevisíveis!

Você puxa um fio e nunca sabe o que surgirá na outra ponta.

Morde uma madalena, e toda Combray vem junto.

Sorri para uma criança, e é o céu que se abre.

Procura um selo, uma foto amarelada cai em suas mãos, e você se vê soterrado por uma avalanche de passado.

Puxa uma ponta do fio e está segurando um deus pelo pé.

Num estágio, Maria luta contra um câncer e uma depressão. Juntas procuramos uma isca de memória luminosa para fazê-la voltar à superfície. Por muito tempo em vão. De repente seu rosto se ilumina. "No orfanato onde meus pais tiveram que me abandonar durante a guerra, só tenho meu urso muito gasto, áspero. Uma velha enfermeira costura em suas patas restos de feltro e me diz: 'O resto do urso ser enrugado não é tão grave, mas quando à noite, junto de você, ele anda em seus sonhos, precisa de patas de veludo.'" Ao lembrar esse episódio, Maria brilha. Ouso na mesma hora dizer que está curada. Ela está curada hoje.

A memória luminosa não vai aos grandes desfiles, não se deixa convocar como em uma caserna, nem premeditar como um crime. Ela umedece os rochedos, os muros leprosos e os afrescos, surge onde menos se espera, tanto no sublime quanto no irrisório, tanto no imenso quanto no anódino, está tanto no templo quanto no armário de vassouras, sob a saia de uma mulher, sob as patas de um urso, sob a tiara de um grande sacerdote... Os passadores de água, os passadores de memória são coadores de água, coadores de memória, não retêm nada para eles mesmos, nada. Se você já os encontrou na terra, viverá. Não largue o fio!

Alguns passam entre meus cílios em silêncio, como às margens do lago, no calor do verão, os marrecos que nadavam afastando os juncos...

Há essa idosa em Praga que de 1948 a 1968, dia após dia, acendeu uma vela em seu terraço diante de uma imagem da Virgem. Por onze vezes, nos diz o guia, sob o regime comunista, ela foi presa e solta. Mas o que fazer na prisão com uma idosa que resmunga orações? Nada conseguiu derrotar sua obstinação tranquila. Hoje mostra-se aos turistas o terraço dessa doce teimosa, dissidente anônima. A lamparina ainda queima, é elétrica. Incógnito, o espírito foi soprar em outro canto.

◆

PARA ONDE VOCÊ VAI COM TANTA PRESSA?

Há esse carpinteiro de uma aldeia vizinha que colocou a televisão que os sobrinhos lhe deram no sótão e que continua, à noite, interminavelmente, a jogar suas paciências. Suas paciências! Seus cantos do céu!

Há Aleksander Kulisiewicz, que fundou em Cracóvia um arquivo da produção artística ilegal nos campos de concentração. Percorreu a Europa cantando os cantos dos homens e das mulheres assassinados. "É meu dever cantar suas obras. Cumpro a promessa que lhes fiz. Traziam-me seus poemas e me diziam: 'Será que você ainda terá em sua cabeça um lugarzinho para minha canção?' E levavam-nos para morrer." Memória viva: Aleks, você ainda tem um lugarzinho?

Há Simon Wiesenthal que guardava na memória o nome dos guardas carrascos. "Por que faz isso, eles também o matarão", diziam-lhe seus companheiros prisioneiros. "Se eu sobreviver, saberei o nome deles, não para me vingar, mas pela justiça." Quando os americanos libertaram o campo, o fantasma vivo no qual se transformara pede lápis e papel e anota mais de cento e cinqüenta nomes.

Memória não para a vingança, mas por justiça.

Há essa vizinha com seu fichu florido na cabeça em todas as estações do ano e que coleta por toda a Europa central as sementes das plantas, dos legumes e das flores cujo adubo e cuja monocultura provocam a destruição.

Há a mãe que untuosamente derrete um pedaço de chocolate no leite com a ponta de sua espátula de madeira em vez de comprar instantâneos granulados.

Há os que guardam os vocábulos em pousio, dos quais todos riem, e que os mastigam incansavelmente para conservar o sabor sobre a terra: virtude, misericórdia, magnanimidade, mansuetude, perdão das ofensas, ociosidade, abnegação, valentia...

◆

A MEMÓRIA VIVA

Há os que citam os poetas, os que avivam os segredos dos construtores de igrejas, os que não poupam elogios.

A sua caravana silenciosa atravessa o deserto do mundo, faz o horizonte do esquecimento recuar, ilumina o céu com novas galáxias.

Porém, em todo lugar onde o passado ainda tem o peso da traição, da violência, do silêncio, do remorso e da mentira, a memória luminosa não penetra. Nós então nos enganamos de memória. Achamos ter sido leais quando, em vez de cauterizá-los, mantemos os ferimentos. O pedido para deixar de lado o sofrimento parece a princípio uma traição. E quem então arquivará as angústias, quem as comemorará, quem fará justiça aos supliciados pela vida e pela história? E que metáfora é mais forte para ilustrar isso do que a da história de Tobit? Tobit que, do fundo da humildade dilacerante de um orgulho louco, quer reparar *tudo* sozinho, dar a *todos* os mortos uma sepultura na terra de exílio, perpetuar sozinho *todos* os ritos. A cegueira vai obrigá-lo a desviar seu olhar do exílio externo para o exílio interno. A outra "injustiça" vai lhe aparecer no final da provação: a que ele fez a si mesmo abrindo seu coração ao luto, ao heroísmo reparador, mas não o suficiente à celebração. A que ele fez sua esposa Anna e seu filho Tobit sofrer quando não compartilhou a mesa de festas arrumada, quando não aceitou os presentes que a vida lhe oferecia. Dirigindo então sua fidelidade exemplar, do sofrimento que é preciso reparar para a glória do Criador que é preciso celebrar, põe no mundo o próprio elixir de toda reparação: um coração apaziguado. Só então pode cantar: "Se voltardes a Ele do fundo do coração e em vossa verdade nua, Ele não vos esconderá mais sua face."

Ao perder a visão fixa que o tornava cego, ao tornar a encontrar olhos que se deslumbram, ele volta a ser inteiro, testemunha ao mesmo tempo do mundo manifesto e de sua face oculta.

Ao permanecermos assim dedicados à fidelidade, à desgraça, irreconciliavelmente acorrentados à memória trágica, não cumprimos nosso contrato. Esquecemos a aliança, a promessa feita de atravessar *custe o que custar.*

Um episódio de minha vida se atreve, avança até o ponto em que minha pena o captura. O vento das palavras vai fazê-lo vacilar e apagá-lo ou, pelo contrário, estimular o veludo da brasa e exaltá-lo em chamas? Sempre existe risco quando a experiência evocada não passa de um inesquecível roçar.

Estou na casa de meu velho amigo H., pouco antes de sua morte na cela de um convento próximo no qual veio morrer. Quando penso nele, penso numa colméia zumbindo e gotejando luz na qual me aventuro. O mel de toda uma vida escorre de todos os seus alvéolos. Cada um de nossos encontros é um cataclismo, um arrebatamento terrível que me embebeda. Neste dia, a meu pedido, lê para mim o primeiro capítulo de *Berlim Alexanderplatz,* de Doblin, e ressuscita a figura patética e sublime do velho Zanovitch: *"Gibt vieles auf der Erde... kann man viel erzählen"* "Há muitas coisas nessa terra... há muito para contar."

Ouço sua admirável voz vigorosa enquanto meus olhos se perdem na foto pendurada na parede diante de minha poltrona. É a ampliação de uma foto amarelada. Dois velhos sublimes debruçados lado a lado sobre o livro dos livros, seus longos cabelos brancos emaranhados, e, de repente, vejo-os, com todas as células de meu corpo, vejo-os, e, enquanto H. continua a leitura, paralelamente à atenção que destino a cada uma de suas palavras, ocorre a mais veemente das revelações.

◆

A MEMÓRIA VIVA

Tudo o que vou narrar na verticalidade do tempo, na progressão de sua duração, assalta-me na explosão de um único instante. Primeiramente, a própria história que faz de H. depositário dessa fotografia e que ele me revelou há alguns meses. Seu pai, médico protestante na Pomerânia, encontra-se em 1940 numa estação de trem do interior. Pára um trem onde estão amontoados homens e mulheres por trás das ferragens dos vagões para animais. Chocado, as pernas chumbadas nas lajes do cais, vê-se, de repente, interpelado. Um homem passou o braço e a cabeça pelas grades e estende-lhe um cilindro: "A foto de meus mestres, pegue e salve-a." Apitos, tumultos, latidos dos *capos*[1] e dos cães, ranger de rodas. Uma vertigem violenta o cola ao muro; o trem do inferno se afasta; o cilindro ainda está em suas mãos, ele o esconde debaixo do braço, leva-o.

Ao ouvir pela primeira vez esse relato, recebo-o no coração como um punhal, de um lugar de consciência frágil, o desespero me submerge – "Assassinaram-nos todos", todos os grandes mestres do hassidismo, os que entravam louvando e cantando nas câmaras de gás e dos quais os carcereiros, o cassetete na mão, diziam, balançando a cabeça: "Esses daí não são homens." Assassinaram a graça iluminadora dos loucos de Deus, os últimos grandes messias da sabedoria louca, de todos os cantos da Polônia, da Silésia, da Transilvânia, arrastaram-nos para lá a fim de matá-los. Com o intuito de destruir a passarela entre o mundo visível e o mundo invisível por onde iam e vinham os anjos.

Esse estado de desespero, de raiva sufocante e de prostração, conheço-o bem demais! Remata a obra de

---

[1] Detentos encarregados pelos nazistas de organizar grupos de deportados. (N. do T.)

morte, confirma-a, acrescenta-lhe uma rubrica. A noite do coração, feita de silêncio enrijecido, de sangue nos olhos, faz com que os mortos sejam recolocados no suplício da morte pelos vivos. Conheço-a – demorei-me nela com tanta freqüência em cerimônias intermináveis e crucificadoras de comemoração – ah, conheço-a até demais! Meus olhos queimam-se nela, nela a língua se cola ao céu da boca. Mas o que acontece de repente naquele dia não tem nome.

Enquanto meu amigo continua lendo, a foto se anima, ilumina-se de madrepérola láctea, a da lua cativa que uma concha vinda das profundezas encerra em sua pérola.

E eis que volta a recordação. A verdadeira recordação. Não a que não me puxa para trás, mas a que me põe de pé imediatamente. Vem de muito longe como um chamado dirigido a mim e enraíza-me no além do desespero, na certeza das certezas. Inalterável é a grandeza da alma. Inalterável é o que vibra na mais alta freqüência do amor! Esse espaço existe. Não o invento para consolar, nem para me consolar. Não tento fabricar esperança, produzir a névoa para que o prestidigitador da sobrevivência possa nela operar um truque de mágica. Oh, não! O espaço no qual entrei é mais real do que o real. Faz surgir em meu corpo o arrepio dilacerante da certeza. Reconheço-o entre todos. Abre-me para a fulgurância da verdade, longe de toda realidade convencional, aprendida, domesticada, e, neste espaço, é o morto que consola o vivo, o supliciado que consola a testemunha, a vítima que consola o sobrevivente. Nesse espaço, tudo tornou a entrar há muito tempo na ordem ardente do amor.

Bem além de toda esperança, nele os corações continuam batendo e perpetuando o código secreto da ressurreição. Não procure mais os que vivem no túmulo. Não perca tempo com a constatação do ódio e da destruição. Ouse ver que, nas florestas da memória, o incêndio do amor domina.

Já ouço os funcionários da memória oficial e seus guardas recusarem ver arrancar seu patrimônio, acusar um sacrilégio: uma forma hábil que aí está para erradicar a realidade sangrenta, aliviar os carrascos, inocentar os monstros!

Nesse nível da revelação, não tenho mais nada a acrescentar e até peço o favor de não ser ouvida pelos que não podem ouvir. Não tendo mais a ambição de ter razão, livro meus detratores do trabalho que teriam para refutar-me. O lugar que alcancei por um instante é o da ausência luminosa. De tudo o que o homem foi na terra só sobrevive a mais alta grandeza. De todo o resto – ódio, boas e más intenções, comentários sábios ou justiceiros – não sobra *nada*. Quando tudo está queimado, no fundo da peneira só permanece um diamante incombustível.

Se meu olhar sobre a foto desses dois mestres incandescentes de tanto serem consumidos extasia-me tanto, é porque toco no escândalo absoluto: da malvadeza feroz, da sanha, da crueldade destruidora, da guerra, do ódio, do materialismo arrogante, nada sobra. Só sobrevive, no coração de todos os ossários, a loucura radical do amor.

Se eu soubesse pelo menos exprimir até que ponto pouco me importa convencer alguém de alguma coisa! Na ordem dessa transmissão, a "bactéria" pula ou não pula, o contágio acontece ou não. Aqui não há nada que seja manipulável. É ou não é. Não é nem desejável, nem não desejável. Como o inevitável surgimento da alvorada.

UTOPIA

Utopia: "Nome do país que não existe."
U-topos, o lugar que não é.
O lugar memorável que ainda não existe.
De imediato, a visão derrapa. (Ver o Robert, o Littré, o Larousse, no segundo sentido: "Utopias vãs", "resultados geralmente opostos ao que se esperava.")

Temos dificuldade na Europa para pensar o impensado, para ousar outras representações além das adquiridas. Problema de ordem sociocultural. Cada cultura desenvolveu seus órgãos sensitivos, redes de percepção, e negligenciou completamente outros. Falta-nos um órgão, o que apreende, honra, atrai para o circuito de materialização as visões, os sonhos. Deparamos com uma realidade tão difícil de erguer quanto um armário normando. Nossas antenas para perceber os espaços do real esperando para entrar em contato estão atrofiadas. A dicotomia espírito/matéria crucifica nosso Ocidente, não nos permite perceber que a matéria também é espírito, mas espírito parado, espírito coagulado, fossilizado, se me permitem dizer. O que chamamos de ciência é uma disciplina admiravelmente especializada para analisar a composição dessa parte fossilizada do real, a que não se mexe mais, da qual se tem certeza e que se pode pegar e manipular à vontade. Mas seria necessário um outro tipo de órgão para perceber esses espaços esperando para entrar em contato que constituem o real, os campos de consciência, que esperam que os sememos e que *caem na realidade* quando um quociente de intensidade é atingido. Tanto na ordem do coletivo (mudanças sociais, impulsos de reforma, revoluções, guerras nascidas de milhões de expectativas, de esperanças, ou então de medos, ódios, etc.) quanto na ordem individual, na qual minhas esperanças, preces ou receios, meus ressentimentos, meus pensamentos negativos criam um éter e uma realidade da qual sou cofundador, cocriador, diretor e ator ao mesmo tempo, e tudo isto num jogo prodigiosamente complexo de influências, movimentações, leis inextricáveis para o raciocínio que só sabe agir na parte embrutecida do real, que chamo aqui de realidade.

Nossa visão da realidade data ainda do século XIX. Entendemos como realidade o que é apenas sua parte coagulada; tudo no que esbarramos parece-nos realidade; porém é esta a parte sem interesse da realidade, a que já endureceu: lava que esfriou; o fogo não está mais nela. A erupção do real está no fogo de nossas visões e esperanças.

UTOPIA

O que nos separa do poder redentor que nos habita são as representações ideológicas de nossa sociedade que sugamos com o leite de nossa mãe.

Estamos encerrados em uma prisão, e uma voz nos diz: "Saia." Respondemos: "Impossível, a porta está trancada", e a voz nos diz: "Está mesmo, mas está trancada por dentro, olhe e abra!" São nossas representações que nos prendem. Vivemos mais nos alicerces de nossas representações do que na realidade objetiva. O real não tem porta, nem janela, é o infinito do infinito do infinito dos *possíveis*.

De modo algum deve-se confundir o que acontece dentro de nós com "devaneios subjetivos", com o "imaginário", ofuscado por uma conotação de irrealidade ou de "não-realidade". A impossibilidade, com as formas de raciocínio que são as nossas na Europa, de representarmos um real concreto, mas ainda não realizado, na ordem do visível, deve-se a uma prioridade furiosa concedida a tudo o que é verificável pelos sentidos e principalmente pela visão! Por isso, a única alternativa à realidade já endurecida é o universo de abstração. Ora, o que a mística islâmica com Sorawardi chama de *mundus imaginalis* é uma dimensão suplementar, um universo concreto pensado. Um universo em contracampo que se vê com a luz dos anjos. (O que pressupõe evidentemente que a pessoa, ou sociedade em questão, seja capaz de ativar e viver a dimensão transcendental inerente à natureza de homem, uma sobrenatureza e não uma subnatureza) – Novalis, que morreu aos trinta anos e que via longe, dizia que a desgraça da Europa era não levar em consideração a parte noturna do real. Era considerar apenas a parte visível real.

O que devemos tentar é ativar em nós esse potencial em pouso, abrir os olhos que temos sob nossos olhos de carne, entrar dessa forma em nossa verdadeira humanidade de co-criador. Não aumentar o conhecimento, mas aumentar a fé na força do espírito, acordar essa certeza em nós, essa evidência que nos guia.

Podemos, apenas com o impulso que faz com que nos reunamos, criar um campo de consciência, ou fortalecer mais o campo de consciência de todos os que na terra não se satisfazem com uma existência de zumbis.

O mais difícil para nós, ocidentais, é pensar por que nossas sociedades não têm conceitos, receptáculos, estruturas pré-fabricadas. O mais difícil é a corda bamba alta do imaginável. Os maiores tabus não estão apenas ancorados nos corpos, eles paralisam o espírito imaginante, proíbem o acesso ao não-pensado sociocultural. Quantas vezes, quando evocamos novas constelações relacionais e/ou de ordem econômica ou social, a primeira reação é de rejeição: "Você está sonhando, é impossível, não vai dar certo, você sabe bem como funciona..."

Nosso modelo unidimensional, fundamentado na desconfiança, na inveja, na rivalidade, na concorrência, na reivindicação, marcou nosso cérebro em algumas décadas, por uma lavagem cerebral imcomparável e pelo estabelecimento de todos os recursos sutilmente aterrorizantes dos fundamentalismos. Estamos narcotizados com uma dose de veneno sutil. É desta narcose da paranóia coletiva que se trata de sair.

Existiram e existem nesta terra constelações de existência, artes de amar e viver juntos deliciosas e elaboradas. Existiram combinações agradáveis de relações, percepções, gramáticas amorosas, sintaxes sutis, morfologias exemplares, modelos de ternura e de escuta (confrarias, beguinarias, tribos, famílias, guildas e corporações, sem

UTOPIA

falar de certas comunidades, como os oásis de Pierre Rabbhi) com as quais deveríamos sonhar! Existiram culturas (tibetana, sumeriana – Marguerite Kardos[1] nos lembrava disso) que visavam ao mais alto desenvolvimento espiritual de seus membros e que passaram por milhares de anos de experimentação. Há pouco, um amigo me falava dessas orquestras de Gameran, sublime fileira de trinta a cinqüenta gongos, por meio das quais os músicos nos vilarejos da Indonésia entram em uma comunicação ritmada cuja complexidade dos níveis de informação nem podemos imaginar em termos semiológicos.

Quanto às leis da termodinâmica e da entropia, tudo o que é criado é arrastado mais cedo ou mais tarde da ordem à desordem. Tudo acaba, obviamente, se enfraquecendo e se debilitando, tudo o que era certo torna-se errado com o tempo, tudo o que era bonito e liso racha... Mas, em vez de nos afligirmos, deveríamos ver aí a sabedoria primordial da criação que não nos entrega de uma vez por todas um real acabado, perfeito e durável, mas nos convida, o tempo todo, dentro do respeito das leis ontológicas e das estruturas de uma ordem do amor, a reatualizar, a renovar o que se desfaz, a reinventar continentes e conteúdos, a fazer com que o que ontem estava estragado esteja novo hoje, com que esteja brilhante o que ontem estava sujo. Somos permanentemente necessários à *criação cotidiana do mundo*. Nunca somos os guardiões de *algo realizado*, mas sempre os co-criadores de um *devir*.

Quanto a mim, passei por três fases principais. Primeiro, jovem, *vita activa*, eu era onipotente e dispensava qualquer transcendência. Após tempestades e terremotos de vários

---
[1] Sumeróloga, aluna de Henry Corbin.

tipos, entendi (como o peixe da lenda hindu que não acreditava que o mar existia... porque ele estava nele) que tudo era Deus. A *vita contemplativa* me ofereceu as chaves desta revelação. A transcendência estava de repente por toda parte, era tudo. E agora, terceira fase, eis que esses dois universos, *vita activa* e *vita contemplativa*, interferem um no outro num estranho jogo ondulatório. Hoje chamo de vida esse estranho jogo de equilibrista, esse ato que consiste em segurar, como duas taças nas extremidades de uma vara, os contrários em equilíbrio, ao mesmo tempo que estou de pé sobre a corda bamba, ou melhor, danço nela.

"Utopias vãs", diz-nos o Robert, esta é a acepção mais comum da palavra utopia! E a pergunta principal será de agora em diante: que relação manter com as *ilusões* e com o que chamamos de fracasso?

Se naufragarmos no infantilismo comum e unidimensional que consiste em esperar que as intenções ou as ações que deponho na terra sejam coroadas de sucesso, não tardarei em me juntar, decepcionada, desanimada, desiludida, à associação dos antigos combatentes da ilusão. É importante demorar nesse cruzamento de caminhos. Por toda nossa existência, cultivamos a esperança de encontrar *fora de nós* a perfeição com a qual sonhamos. Uma ideologia! Uma escola! Um mestre! Mas acontece que esses modelos decepcionam. Este ou aquele detalhe desilude. Determinada "revelação" sobre uma pessoa admirada machuca. No entanto, a esperança inextirpável permanece: a perfeição com a qual sonho já está realizada em algum lugar, imutável... *fora de mim*!

Sem parar, com essa expectativa lancinante no coração, titubeio de uma decepção a outra. Até que um grito seja arrancado de mim: "Esse mundo de luz com o qual sonhei não está em lugar algum? Procurei em todos os lugares esses companheiros de estrada, esses seres de luz, só encontrei mais ou menos neuróticos parecidos comigo... Onde está esse ser em pé? Onde estão? Com base em que sinais os reconhecerei?" Se descrevo em meu coração esses sinais infalíveis um após o outro, começo a esboçar uma realidade, a constelar um campo. E de repente a voz em meu ouvido: "E o que você está esperando para se tornar Aquele que você espera?" Silêncio das galáxias... E eis que tudo em mim se torna silêncio. A loucura do desafio me deixa muda. "As pessoas dizem para eu me comportar, mas Tu, Tu me dizes para eu ser louco!" (prece de Charles de Foucauld). A impossibilidade da tarefa é evidente... Aí se produz a ruptura, a insinuação para um outro estágio, rumo ao impossível, ao impensável, ao insensato!

Preciso começar a andar, tentar tudo, criar o lugar que não existe. Onde quer que eu esteja nesse instante, o lugar que estou se torna *makom*[2] e não "não-lugar". Em todos os lugares em que o homem encontra o impensável, o inconcebível, o inimaginável, o raio cai, algo começa. É o início de uma história de amor, isto é, de uma história de louco.

Preciso começar a andar, sabendo que, como todos os que me precederam, não chegarei a lugar algum, que, como todos os que se foram antes de mim, não terei sucesso, que estou indo na direção de minha derrota certa e que, no entanto – silêncio das galáxias – tudo isto não é nem um pouco triste. Ninguém exige de mim que eu tenha sucesso, mas apenas que eu dê um passo em direção à luz. O importante não é que eu carregue a tocha até o fim, mas que eu não a deixe apagar-se.

---

2 Termo hebraico: lugar de encontro entre o homem e Deus.

O MASSACRE DOS INOCENTES

"Quanta verdade a frágil alma humana pode agüentar?", perguntava-se Jean Rostand. É certamente a pergunta de um coração compassivo. E, contudo (como se diz de um paciente com uma doença incurável: "Ele tem o direito de saber a verdade sobre si"), tenho a impressão de que toda transformação dependerá desta verdade.

Que verdade? Uma verdade que só é tão terrível porque não deixa nada no lugar quando nos atinge, e todos nós gostamos, frágeis que somos, de deixar as coisas em seu lugar. E então, o que é esta verdade? Bem, é a seguinte: o mundo exterior é apenas um reflexo do estado do mundo interior.

Diante de todo sofrimento, de toda violência, de toda degradação, surge a pergunta importuna: o que há em mim que sofre, que morde, que golpeia, que mata, que degrada? Que parte de mim consente a humilhação, a morte de outros seres humanos?

E já que a pergunta está aí – em sua clareza aterrorizante –, algo de infinitamente misterioso se instala sobre o que, após tê-lo observado tantas vezes, posso dizer apenas isto: essa força age em um espaço no qual nem o olhar, nem a vontade, nem a intenção penetram. Apenas a certeza se instala, ardente, irrecusável: o estado do mundo, em última instância, depende de cada um de nós.

Não se trata de nada além de "consertar o mundo em nós" (François Cervantes). Não de consertarmos a nós mesmos para nosso bem-estar ou mesmo para nossa salvação (aliás, tarefa impossível dada a porosidade irreparável, irremediável, absoluta de nosso ser), mas de "consertar o mundo em nós". Que aventura! Mais louca que a travessia das terras de fogo ou das geleiras eternas! Mais cheia de maravilhas e milagres que todas as lendas do mundo! Empreitada que, aliás, só é possível sem a expectativa de ganho, sem outra esperança além da esperança de nos aproximarmos de nossa verdadeira natureza – de dar um passo "comigo" para minhas irmãs e com elas, para meus irmãos e com eles – na direção da vida.

Durante todos esses anos, vi casais "consertados" pelo trabalho de um só deles (seria possível dizer "conquistados" pelo trabalho de um só deles como se diz que um incêndio "conquista" uma floresta), famílias, grandes dinastias de vivos e mortos, "consertadas", curadas, apaziguadas pelo trabalho de uma só pessoa, escritórios, salas de aula, hospitais "consertados" pelo trabalho de uma só pessoa... e também vi o que só o olho do coração vê, efeitos invisíveis que, de fora, pareciam derrotas e não eram.

Com suas causas e efeitos, a realidade é apenas a crosta do real. Na realidade, aparece um hematoma em mim quando trombo com um móvel. No real, aparece um hematoma em mim porque alguém no fim do mundo trombou com um móvel ou com um coração enrijecido. Na realidade, estou costurada em minha pele e em minhas representações. No real, nada jamais me separa de algo ou alguém.

Nesta visão modificada, nesta passagem da realidade ao real, minha vida, este lugar assombrado pelas representações de uma época, pelos julgamentos, pelas derrotas, pelas feridas, torna-se pouco a pouco um lugar de transmutação, um lugar alquímico de onde parte em todas as direções "a informação" (no sentido homeopático do termo) de uma outra forma de ser no mundo. Para mim, esta tomada de consciência (oh, não se trata de ser roçado por esta "tese interessante", mas de ser atingido na carne da carne!) surge como o verdadeiro início do processo de humanização.

Hoje, calo-me com você um instante diante da extensão deste lamaçal, desta angústia inominável, do qual somos todos aqui testemunhas[1].

De que continente maior esta catástrofe é a península? De que doença é a atroz excrescência? Pois ela não é um meteoro vindo de algum céu escuro, e sim o produto de nossa realidade coletiva. Sem esta primeira investigação, seria vão ir além.

As prioridades de nossa sociedade industrial *avançada* (no sentido, infelizmente, deste termo na expressão

---

[1] Este texto foi pronunciado no fórum da Amadi (Associação Mundial dos Amigos da Infância), na Unesco, durante conferências sobre a luta contra a pedofilia na internet.

"putrefação avançada") são patogênicas. A contabilização de todos os valores, a avidez do lucro, uma competitividade que adquire a forma de uma guerra incubada entre os homens, as empresas e os Estados determinam a norma cotidiana. As velhas redes de solidariedade que iluminam a história da humanidade, o casal, a família, o clã, a comunidade profissional, despedaçam-se. O indivíduo livre de qualquer vínculo, de qualquer relação familiar, de amizade e social que constitui uma identidade, vaga, fragmentado, incomodado por tantos convites desordenados, presa fácil de todas as iniquidades e insignificâncias. Expulso de um tecido vivo de vínculos, ele salta em sua vida de uma excitação a outra e recorre a sucedâneos cada vez mais duvidosos. Ao romper os laços duráveis que o humanizam, ele se abandona a uma anestesia cruel do coração.

Hannah Arendt demonstrou ostensivamente em seu estudo sobre o Terceiro Reich como as ações violentas e ultrajantes da SS e dos torturadores eram apenas a parte visível do fenômeno fascista. Em outros termos, a parte essencial e reveladora era constituída pelo *verdadeiro* fascismo cotidiano e tranquilo: o que tinha se construído e consolidado pelas mil covardias cotidianas, os mil sinais de "banalidade" racista, os mil olhares desviados, um conglomerado imenso e sólido de ignomínia coletiva.

Como não ver que o flagelo da pedofilia é da mesma natureza? E que ele leva à pergunta mais difícil de escutar: Qual é minha participação neste marasmo? Qual é minha própria forma de covardia? Meu modo de tolerar a banalização do mal e da violência: a degradação do corpo humano em máquina de gozo, a exploração mercadológica de tudo que é sagrado. A única reação correta é colocar-se de imediato a serviço da vida, cuidar hoje mesmo do pequeno encrave de vida que me foi confiado.

O MASSACRE DOS INOCENTES

Se deixei meu filho vegetar diante desta lixeira ("janela para o mundo", dizia-se em minha juventude) que são as telas de televisão ou de videogame, tenho a obrigação de dar um antídoto, um longo diálogo, um jantar a dois, um jogo, uma música que se ouve juntos, a narração de uma história, um passeio noturno pela floresta com uma lanterna. Estou fazendo vocês sorrirem! Contra a artilharia pesada, proponho bolhas de sabão? De fato! E não tenho vergonha disto! Um professor de um colégio renomado passeia em Viena com sua turma pelo Kunsthistorische Museum e vai despejando como excremento diante de cada obra-prima o preço em que é estimada no mercado mundial de arte: vinte milhões, onze milhões... Um idoso amigo meu, que gosta de passear por entre as obras-primas, surpreende a cena. "Senhor", ele diz, "o senhor está furando os olhos destas crianças", e, juntando o grupo ao seu redor, mostra-lhes, colocando seus óculos, como Bruegel, há quatrocentos e cinqüenta anos, transmitiu, com seu pincel, o carinho do vento na coroa de uma tília. Esta é, mesmo que provoque sorrisos, uma forma de subversão na qual acredito firmemente.

Na Pérsia Antiga, dizia-se que "a criança é a passarela viva entre os homens e os deuses". Com isto, tudo se esclarece. Não queremos mais essa passarela. Para manter a *ordem* dessa sociedade, é preciso separar os homens dos deuses, manter as crianças prisioneiras deste lado do mundo, submetidas às leis brutais e triviais, entregues de corpo e alma ao mercantilismo. Estas crianças atrapalham. São a manifestação mais luminosa do caráter sagrado da vida. Seus gestos, seus saltos, seus risos, sua graça irradiante, o modo pelo qual "se entregam por inteiro pelos gestos", esse carinho deixado no ar toda vez que passam... tudo isto proclama a maravilha sempre renovada da vida. A existência delas é para o mundo romano, o mundo das leis e números, o mundo da dominação e submissão, em suma, para Herodes, a provocação absoluta. As outras legiões, as outras armas, os outros conformismos, os outros totalitarismos e integrismos não assustam a "ordem romana". Com tudo isso ela consegue medir forças. Sabe encontrar seu igual. O que a assusta, o que a apavora é o "inteiramente outro", é o radicalismo do amor, no que ele tem de mais frágil, de mais inapreensível: a criança! O Evangelho de São Mateus nos relata o pavor de Herodes ao saber do nascimento da Criança Rei. O que fazer? E se os homens quiserem subitamente deixar de ser escravos, abandonar os jogos extravagantes e vis da submissão e dominação? O que fazer se os mercenários do Império perceberem o murmúrio da outra realidade, o fundo musical? O que fazer se eles acordarem de sua amnésia e se lembrarem de sua dignidade? Contra tudo isso, a ordem romana não tem armas, só tem o medo, ou seja, a violência. "Quando a encontrardes", diz Herodes aos Reis Magos, "avisai-me para que eu também possa homenageá-la" (Mateus, 2-9).

Frase aterrorizante, Herodes, assim como seus êmulos de hoje, pensa no fundo de si mesmo: "Como homenagem, se conseguir pegá-la, mato-a, destruo-a, apago-a do livro do mundo para que nada venha perturbar a ordem da idade do ferro, a ordem do poder e da grana."

Os Reis Magos não confiaram em Herodes. Fizeram com que não soubesse em que palácio, em que casebre, em que estábulo a criança viera ao mundo. Então Herodes manda assassinar todas as crianças. Só sobreviveu aquela que ele visava e, com ela, até hoje, a subversão radical do amor. É em nome deste radicalismo do amor que, para lutar contra o império de Herodes, não podemos, por nossa vez, nos tornar ferozes. Em relação a este objetivo que vocês se fixaram, a luta contra o infame, contra o impossível também é obrigatória. Paralelamente à ajuda às vítimas, desejo ardentemente que se crie uma rede de auxílio mútuo para os legionários de Herodes que querem sair de seus infernos, um trabalho semelhante ao do monge budista Thich Nat'Han em relação aos GI americanos, que destruíram seu país e massacraram seu povo. Se não trabalharmos na cura das duas frentes, vítimas e carrascos, tudo será em vão. Isto porque precisamos ser lúcidos: deixar-se levar por tal infâmia é a conseqüência última de uma vida dessacralizada, em que a solidão e a insignificância enlouquecem.

Encerro com uma última súplica, a de uma escritora, de uma "lavadora de palavras", como Francis Ponge chama os poetas. É preciso impedir que se seqüestrem e corrompam as palavras. Elas são nosso único acesso aos campos da consciência. São as chaves que abrem os espaços. Pedofilia = Amor pela criança. Este sarcasmo é intolerável. A bela palavra *philos*-amigo, *phillin*-amar, tão grave e serena em outras alianças, filantropia, filósofo, não deve ser tão cruelmente desvirtuada. Chamar de "um amigo da criança" o infanticida (já que, a não ser por uma nuança, há sempre assassinato, assassinato da infância na criança, assassinato da inocência) é uma violência inadmissível, que não podemos ratificar e validar. Se o campo semântico de uma palavra como "amar" é pego em uma armadilha e envenenado, nosso coração também logo será pego. Nossa língua é sagrada. Vamos cuidar dela como se fosse uma lâmpada que ilumina a noite do mundo.

◆

A AULA DE VIOLINO

Quando eu era criança, praticava regularmente dois exercícios. Um consistia em inclinar-me. Eu estava aprendendo a fazer uma reverência profunda. Passava horas inclinando-me, e lembro-me da alegria que sentia quando realmente estava inteira nesta reverência. Acontecia então algo como um espasmo, uma felicidade completa. Somente mais tarde entendi do que se tratava, ao ler essas palavras do mestre da dinastia T'ang, Zengestu: "Mesmo em um quarto escuro, comporta-te como se estivesses diante de um convidado ilustre: mesmo se estiveres sozinho em um quarto escuro..." Era esta minha convicção profunda ao me inclinar diante desse convidado que eu era a única a ver.

♦

PARA ONDE VOCÊ VAI COM TANTA PRESSA?

O segundo exercício consistia em sentir o peso de uma coroa sobre minha cabeça. Em Marselha, diz-se de alguém um pouco pretensioso que "ele se acha". E eu, que tinha a sensação de usar uma coroa invisível! Era obrigada a usá-la mesmo na escola, e eu me dizia que, se um dia alguém reparasse nela, eu poderia sempre guardá-la em minha mala. No colégio Montgrand, éramos obrigados a nos vestir muito sobriamente, e certamente não seria permitido usar uma coroa. A sensação de realeza que me habitava não tinha absolutamente nada a ver com "se achar"; era apenas o segredo bem guardado de meu nascimento, e é também o segredo do seu nascimento!

Essas duas sensações caminham juntas: a reverência e usar uma coroa, e elas permaneceram na memória de meu corpo. Torno a encontrá-las ao envelhecer; devo dizer que as perdi em minha adolescência, em minha juventude e durante o período da vida em que estamos totalmente ocupados em construirmos o ego necessário. Esta sensação, torno a encontrá-la agora, e, no que vou dizer sobre o corpo, ressoa o maravilhamento primeiro que conheci em outros tempos. Esse segredo que todos temos em comum é o de nossa realeza.

Maravilhar-se diante do corpo é raro, muito raro. Por outro lado, onde não vamos buscar razões para nos entusiasmar no mundo contemporâneo? Há tanta gente fascinada diante das máquinas, esses brinquedos derrisórios quando comparados com a complexidade, a beleza de um corpo! Por mais sofisticadas que sejam estas máquinas, elas são de uma trivialidade absurda, de uma simplicidade feroz, quando comparadas à obra-prima na qual moramos.

A AULA DE VIOLINO

Este corpo: que abalo é muitas vezes necessário, o abalo da doença, o abalo da aproximação da morte ou até mesmo o abalo luminoso do eros, para dele se conhecer a maravilha luminosa! Imaginem um Paganini que sentisse desprezo por seu Stradivarius, este desprezo que é o de muitos de nós em relação ao corpo! Claro, são raros os que hoje falariam como o padre da época barroca, Abraham A Sancta Clara, um trecho de cujos ditos cito em *A morte vienense*: "Essas mulheres que abraçais são apenas sacos de excrementos, sangue, bile e muco, que rechaçaríeis se pudésseis ver por dentro." Esse não é mais o tom hoje em dia, mas você não acha que nossa época, que vende a pele das mulheres nos muros da cidade – o corpo esquartejado como se tivesse passado pela faca de um açougueiro, um seio aqui, uma perna ali –, é ainda mais sinistra que a imprecação de Abraham A Sancta Clara?

Às vezes, o desprezo tem outra coloração: trata-se do desprezo pela matéria, que pretende ser uma homenagem ao espírito. Perversão diferente, mas igualmente desvairada. Imagine o que seria Paganini dizer: "Amo tanto a música que não quero mais vê-la ligada à matéria. A música é tão pura, tão superior, que aspiro escutá-la sem passar pela matéria, pelo ruído. A matéria tem de ser superada, deixada para trás. Ela é decadência quando comparada ao espírito, à música. No limite, eu gostaria de uma música que não fosse mais ouvida." Não, jamais um virtuose falaria tal coisa! Pelo contrário, se você quiser aprender como tratar este corpo com todos os cuidados imagináveis, como acalentá-lo com os olhos, acariciá-lo, envolvê-lo num tecido precioso para protegê-lo de choques, observe um virtuose com seu violino: ele jamais o colocará em um depósito de bagagens! Com certeza, cabe apenas a você maltratar esse precioso instrumento, tratá-lo como um violino de segunda por toda a sua vida, para a desvantagem de todos que nos cercam, de você mesmo, de seus próprios ouvidos.

Essa metáfora corpo-violino é bonita; mesmo se, comparado ao corpo, o violino é ele próprio mil vezes simplificado, continua havendo de todo modo, no campo da harmonia poética, uma equivalência. Ambos, violino e corpo, são condutores de música, condutores da música do ser. Ambos são, em suma, essas passagens puras. "Não passa de corda seca, de madeira seca, de pele seca, mas dele sai a voz do bem-amado." É assim que Rumi fala de seu instrumento musical, de seu rababe.

A construção de um instrumento como o violino só pode ser realizada pela convergência de um conhecimento múltiplo. Primeiro, a madeira. A escolha da madeira. A escolha da árvore. Deverá ser, disse-me um fabricante de violinos, de uma árvore nascida em um vale para que sua madeira não tenha de lutar demais contra ventos e tempestades, só o necessário para sua fibra ser suave, delicada, mas não demais. Em seguida, os dedos do fabricante apalparão sua qualidade, escolherão um fragmento seu. Tudo o que resultará nesse objeto, nesse violino será permanentemente, ao mesmo tempo, da ordem do real e do irreal, do saber e da intuição, da precisão extrema e do sonambulismo. Determinantes serão as fibras com as quais serão feitas as aberturas laterais da sua parte superior, as ilhargas, o espelho, a lâmina que sustentará a parte superior e, quando, por fim, as cordas forem estendidas, basta que o cavalete que as mantém se desloque em um décimo de milímetro para que o som seja danificado. De um apertar ou desapertar mínimo das cravelhas que estendem as cordas dependerá a qualidade. E tudo isso que poderia ser descri-

A AULA DE VIOLINO

to infinitamente, toda essa seqüência de gestos, de detalhes ínfimos que resultam na obra "violino", que poderia ser ainda da ordem da matéria, ultrapassa-a em todos os níveis. Vêm agora o arco e a mão que o guia rumo à música que vai surgir. Tudo isso são apenas prolegômenos do início: a mão, o braço, o ombro. Não é antes o ouvido que fará a música surgir? O chamado do ouvido, a nostalgia do ouvido de percebê-la? O que dizer então dos longos anos de aprendizado? Ainda não é isto. Talvez a presença, a inspiração de quem toca: nem isso. Todas essas coisas apenas fazem parte da longa cadeia que vai do silvicultor ao ebanista, do ebanista ao fabricante de violinos, do fabricante de violinos ao professor de violino, do professor ao aluno dotado, do aluno dotado ao mestre que o guia, em seguida, um passo adiante, ao mestre interior, ao mestre que o habita. E tudo isso ao infinito. Caminho infinito até a ausência suprema, até a ausência da qual vai nascer a música que vai nos assombrar, onde tudo será abolido: tudo o que precedeu o instante em que nascerá a música verdadeira, esta música que não será mais a partir de agora tocada nas cordas do violino, mas nas fibras de nosso ser e de nosso coração; esta longa cadeia fenomenal que levará à ausência de qualquer fenômeno e diminuirá até não ser mais do que ausência luminosa de todo ouvir, de todo tocar, afinal, de toda música.

Lembro-me de uma experiência quando, ainda moça, aos catorze anos, escutei Yehudi Menhuhin tocar na pequena igreja de Gstaad. Foi, em suma, antes da experiência do eros, a primeira experiência de dissolução, esse instante em que subitamente tudo desaparece, tudo o que antes fora: a igreja, as pessoas nela reunidas, os pequenos jogos do mundanismo, as pessoas que se encontram, que procuram seus lugares, que se sentam, tudo isto, e em seguida o aparecimento do mestre, sua apresentação, seu violino e, em determinado momento, a dissolução de tudo para entrar na ressonância, essa ressonância que fez, um dia, dos limbos do incriado, o mundo surgir.

Na tríade amorosa tal como a descreveu o sofismo, o amante, a amada, o amor, diz-se que só os dois últimos têm realidade: a amada e o amor, o amante só servindo como passagem aos dois, à presença do amante e ao desabrochar do amor. No caso de Yehudi Menuhin, uma nova tríade: Menuhin, o violino, a música. É certo que os dois primeiros só existiam para permitir a passagem, para fazer com que a criança que eu era entrasse em contato com o ser, essa música que, quando é ouvida uma vez, transforma a alquimia do corpo e o faz tilintar como um cristal. Assim, o violino e Yehudi Menuhin foram apenas os servidores desta metamorfose.

Então, esse violino, cuja organização perfeita tentei evocar, do qual tentei descrever a importância determinante do arranjo de cada detalhe material, é para mim uma metáfora do que eu chamaria de ordem amorosa que rege o corpo.

Uma *âsana*, uma postura perfeita, pode também, quando a vivemos no paradoxo de sua imobilidade vibrante, manifestar essa ordem amorosa, fazer com que a experimentemos no nível do corpo. Quando o cavalete do violino é deslocado em um milímetro, o som fica arruinado; o mesmo ocorre com a ordem do corpo, quando o alinhamento vertebral é perfeito, em sua tensão e em seu relaxamento máximo, ele gera essa sensação de ordem amorosa, de ordem perfeita. Há, no corpo, uma sensação tão fugidia quanto o relâmpago, que nos faz ficar de pé, tensos e tremendo ao extremo, como a corda do violino na evidência fulgurante: um instante dessa divindade. Na organização perfeita das vértebras, dos tendões, dos nervos, reflete-se por um instante a ordem do cosmo, a ordem amorosa.

O corpo é essa obra de um grande fabricante de instrumentos que aspira à carícia do arco. "Tudo o que vive aspira à carícia do Criador", diz Hildegarde von Bingen. Separado da ressonância à qual esse corpo aspira, separado da música para a qual foi criado, ele perde sua tensão, abate-se, deixa-se levar, desespera-se. Vivemos em uma época em que nada nos confirma a maravilha da organização do corpo; acredita-se realmente que se deixar levar é uma forma de se sentir melhor, ninguém nos avisa: cuidado, seu cavalete está deslocado, sua corda está frouxa, o mestre não consegue tocar em você. Os corpos desabitados de tantos de nós hoje que, por não entrarem na ressonância para a qual foram criados, vão enferrujar, desmoronar, perder a lembrança do que são. No entanto, todos sabemos, a memória do corpo é a mais profunda: tudo o que me tocou, tudo o que toquei, rocei, acariciei, os golpes que me deram, as feridas, tudo está na memória de minhas células; o intelecto pode brincar, apagar, recomeçar do zero, inventar diversos roteiros, retomá-los, corrigi-los, analisá-los, anulá-los, mas o corpo recebe de forma indelével todas as informações. Toda essa memória acumulada, recoberta, escondida nas camadas, impede a vibração, a musicalidade de meu corpo. Diz-se em alemão de um instrumento ruim que ele tem uma "lesão". O mesmo ocorre com o corpo e com alguns registros da memória que o enrijecem, o contraem, tornam-no inapto para ressoar com liberdade. Um instrumento ruim tem suas "lesões"; um corpo ruim tem suas obsessões, suas zonas malditas onde ressoa de forma lúgubre.

Um bom instrumento ressoa, sem seleção, em todos os registros. Ele acolhe tudo com toda a sua alma, entra em toda ressonância.

Num bom corpo, num corpo reconciliado com suas feridas, o medo não aferrolha mais os espaços. O tom o leva ao fim de cada vibração. É preciso, entretanto, evitar uma concepção dualista quando se utiliza essas imagens e não fazer do corpo o instrumento e da alma aquele que toca. Seria uma separação artificial, pois a maravilha que se revelará a quem contempla ou ouve é a inseparabilidade de todos esses elementos. Entre o instrumento, o arco, o músico, não há espaço nem para a mais fina das lâminas, do mesmo modo que a mais fina das lâminas não consegue separar a tríade amor, amada, amante, embora misteriosamente, apesar do todo ser um, eles sejam delicadamente diferenciados. Uma única vibração os envolve, como o turbilhão que vai levar Elias. Há uma força única que orienta a música: a inspiração, o sopro, o eros, e esta força avalia e decide a cada instante o lugar onde o arco vai pousar, vai roçar a corda. Da leveza do pouso ou de sua insistência, imperceptível ou então acentuada, o som que precedeu vai ser ligado ao que agora surge, sobrepondo-o, amplificando-o, traçando rabiscos que serão amplos ou breves, de uma delicadeza infinita ou, pelo contrário, de um ardor fervente. A cada instante, tudo é decidido novamente, o novo som se sobrepõe à onda de sons que o precedeu, acompanha-a. O mesmo ocorre com esses corpos liberados que ressoam louvados por Irineu: o corpo vivo, o homem vivo é a glória de Deus!

Antes de abandonar a metáfora do violino – já que a usamos e desenvolvemos o suficiente –, eu gostaria de acrescentar que o que a torna tão rica fica ainda mais claro quando se compara o violino ao piano. Não seria o caso

A AULA DE VIOLINO

de falar do corpo como de uma aula de piano. Por quê? Porque o pianista, ao contrário do violinista, tem poder de vida e morte sobre o som; quando ele solta a tecla, o pequeno martelo de feltro vai enfraquecer e parar a vibração da corda, e o próximo som vai nascer claro, separado, sem a interferência do som anterior. O tocar é predito: faço surgir e apago; só se piso no pedal direito contenho o martelo, e os sons vão interferir um no outro, crio espaços para o vago artístico ou romântico. Este tocar, o tocar piano, tem mais a ver com a cabeça. Satisfaz, em certo sentido, o demiurgo em mim que gosta de dominar o que faz surgir. Senhor da vida e da morte do som. É uma forma completamente diferente de ser em relação à música.

Já o violinista não é de forma alguma senhor da vida e da morte dos sons, exceto por meio dos *pizzicati*. Uma vez incitado pelo arco, o som deverá ir até o fim. É preciso acompanhá-lo, entrar no diálogo, variar a pressão, a intensidade incessantemente, ligar as vibrações, fazê-las se ligarem. Escuta atenta, intensa, permanente, criação de cada instante, diálogo intenso entre o acariciador e o acariciado, entre o senhor dos prazeres e aquele que se derrete sob as carícias. É impossível reproduzir um som de violino. Ele é sempre único. O som e a vibração criados são como uma onda que o surfista vai cavalgar até o fim. Aqui, as ondas nascem da música do virtuose; da mesma forma que o virtuose nasce de seu abandono, de seu domínio do tocar, do qual é ao mesmo tempo o instigador e o brinquedo, o vento e a espuma. O mesmo ocorre com o corpo, com a nossa presença na terra, com a arte de ser encarnado, com o nosso modo de participar desse jogo de ressonâncias com o qual nossas células vibram – virtuosismo e abandono, domínio e doação absoluta de si, confiança.

◆

PARA ONDE VOCÊ VAI COM TANTA PRESSA?

Esse jogo, sobre o qual Graf Dürckheim falou muito, entre a tensão e o relaxamento, esse jogo já não o conhecemos em nossa época, em que confundimos tensão com estresse e relaxamento com deixar-se levar, quando se trata exatamente do contrário, deste momento em que estendo, em que a flecha vai partir, e deste relaxamento cuja vibração é incomparável. Ora sou o instigador, ora sou levado, ora pouso o arco, decido o volume do som, ora sou levado pela inspiração de um fraseado. Estou na escuta, mas, ao mesmo tempo, percebo, tenho de repente consciência de que aquele que escuta ou de que aquilo que escuto nada é além de mim mesmo, que essa música que sobe do fundo de minhas entranhas, vou a seu encontro, ela ressoa dentro de mim, sem saber, estou impregnado dela desde sempre. Mistério desta encarnação... O que parece para tantos de nós, em certas culturas, em tantas épocas, um exílio na terra, o fato de estar costurado nesse saco de pele, prisão terrível quando o sofrimento se torna seu carcereiro, tudo isto pode, por uma reviravolta imprevisível, revelar-se o caminho da libertação e da luz.

"O corpo é o desafio lançado ao espírito de tomar corpo, de realizar-se, eu diria até, o corpo é a realização do espírito. Assim, sem seus gestos, sem o jeito que você tem de se mexer, eu ignoraria tudo do segredo luminoso de sua alma" (Carta de Ortega y Gasset). A mensagem amorosa não é nossa única forma de comunicação capaz de refletir o que realmente é, e não o que nos separa, o que nos faz permanecer na ilusão de sermos corpos separados, esta ilusão tão terrível que nos mata no decorrer da vida? O que realmente nos põe em ressonância com o outro, não cansamos de repetir, é o amor. O amor não nos cega, torna-nos visionários, coloca-nos em contato direto

A AULA DE VIOLINO

com o ser realizado que habita a pessoa que escolhi, esse amante, ou essa amante, escolhido entre todos ou entre todas que encontrei. O amor limpa a pruína da fruta, dissolve a bruma e revela, por trás das aparências, a perfeição do projeto divino que cada um de nós encarna sem saber. Em suma, essa entrada direta, por entre as aparências, o que o amor me permite ver, é a realização do que está por vir, uma espécie de adiantamento, sem juros, uma espécie de prestação da herança de luz de quem amo.

O encontro de um mestre nas tradições mais diversas é dessa natureza, com a diferença de que não há prestação necessária e de que o mestre já recebeu uma parte dessa herança de luz; ele alcançou sua transparência, lá onde ele está, não há mais ninguém a não ser um rasgão pelo qual consigo ver, por trás das aparências, o desdobramento do real. Atrás da maia, o ser amado, venerado; como o rasgão na cortina, vejo através dele, esse frêmito infinito do criado, esse universo indiferenciado do além. A importância do mestre na tradição hindu é conhecida por todos. Seu jeito de estar aí, a qualidade de sua presença, antes mesmo de pronunciar qualquer palavra, já é o ensinamento.

Conhece-se menos a importância da presença do mestre na tradição hassídica. Na tradição judaica, não há diferença entre o corpo e a alma, a presença física é um precipitado da alma. Dizem que a presença do grande fundador do hassidismo, o Baal Shem Tov, era tão irradiante que se vinha de muito longe para vê-lo subir os poucos degraus da entrada da sinagoga. A transparência de uma presença, o lugar habitado em que não há mais ninguém, é a ressonância extrema, local do paradoxo absoluto, da ausência e da presença. Da mesma forma, a dissolução de grandes lamas tibetanos em luz no momento de sua morte marca um ponto último em que a matéria revela sua deliqüescência, sua irrealidade, sua incandescência.

Tudo acontece como se apenas o espírito não pudesse manifestar-se a nós, como se fosse necessária a passagem do invisível ao visível, *"per visibilia ad invisibilia"*, fórmula do abade Suger, o construtor de catedrais: pelo visível, revelar-nos o invisível, pela construção das catedrais, fazer surgir a Jerusalém celeste. Tudo ocorre como se não pudéssemos atingir o que está oculto, esse mundo vibrante e divino, sem a tela colocada entre nós e ele, sem a matéria e a encarnação. Como se fosse necessária essa passagem do invisível ao visível, do inaudível ao audível, do não-sabor ao sabor, do não acariciável ao tangível, para que o espírito se manifestasse em nós. O mundo intermediário age, em suma, como um precipitado químico que revela a presença de um elemento que, sem isso, permaneceria impossível de descobrir.

Assim, não existe uma ordem material e uma ordem espiritual, mas somente o espírito, a matéria sendo apenas a parte coagulada do sangue do real, a parte manifestada, a única porção do divino que posso, por fim, abraçar. A criação inteira perpetua esse milagre. O esplendor do ser é oferecido para ser visto, sentido, tocado, saboreado, ouvido. Da mesma forma que a luz branca refratada pelo prisma explode em um feixe de cores, em um leque de todas as nuanças, ao se chocar com a matéria, ao tocá-la, o espírito faz surgir o inacreditável, o esplendor incontornável do mundo manifestado. A *despesa* da qual Bataille fala, esse desregramento divino das aparências, esse desdobramento insensato, torna tão ridículas nossas cotações da Bolsa, nossos juros, nossos empréstimos bancários, nossos corações friorentos, sinistros, formados com base na eco-

A AULA DE VIOLINO

nomia: a multiplicidade do criado, o louco delírio da criação existem apenas no nível em que os percebemos, pois, no fundo, reina o segredo de uma organização escrupulosa, ilegível para o homem. O mesmo ocorre com a tragédia da desordem ecológica que atravessa todos os espaços, todos os níveis. A árvore que morre corresponde à morte da árvore do conhecimento em cada um de nós. As mesmas estruturas se manifestam em todos os níveis da criação, as mesmas espirais no fundo dos mares e nas galáxias acima de nossas cabeças, e em cada corpo o universo inteiro se reproduz outra vez. É o que diz o Talmude. Vamos nos deter nesta frase: "Em cada um de nossos corpos, o universo inteiro se reproduz." Deixemos por um instante a novidade chegar até nós, não apenas aos nossos ouvidos, mas vir acariciar nossa pele, entrar em nossa carne, penetrar nosso esqueleto, esse recife de coral em formação permanente, adentrar nossa medula, deixar o fluxo do sangue espalhá-la por nosso corpo, não apenas ouvir com os ouvidos, mas perceber o que esta frase significa. Em cada um de nós, o universo inteiro se reproduz outra vez. Em cada um de nós, a criação inteira se reproduz com os abismos dos oceanos e as espirais das galáxias. Quantos de nós têm condições de enfrentar a conseqüência de tal revelação e a responsabilidade que dela decorre?

AS DUAS IRMÃS

O primeiro dia em que fui à escola, lembro-me de ter subido a rua Paradis de mãos dadas com minha irmã mais velha.

Esta imagem forte: duas irmãs andando de mãos dadas me vem violenta e surpreendentemente quando digo: a vida e a morte.

Elas também caminham juntas e é impossível pensá-las uma sem a outra: comoventes, inseparáveis, a vida e a morte.

Da mesma forma que estou nua sob minhas roupas, sei que estou destinada à morte, mas o enigma permanece inteiro.

PARA ONDE VOCÊ VAI COM TANTA PRESSA?

Quem é esse "eu" destinado à morte desde a hora de meu nascimento? E quem está em mim, aquele ou aquela que lhe escapa de forma obstinada desde o início dos tempos?

Que o pacote amarrado e lacrado de minha identidade, de minhas diversas qualidades esteja destinado à morte não deixa dúvida. Mas esta vida, esta vida que me atravessou de forma única e singular, como atravessa de forma única e singular todos os seres vivos, quem suspenderia essa torrente?

O erro fundamental de nossos pensamentos binários é opor a morte à vida. O verdadeiro par de antônimos é nascimento e morte, a passagem do começo e a passagem do fim. E o que passa por essas duas portas e aí se engolfa é, nos dois casos, a vida.

Ontologicamente, a morte é, como o nascimento, inerente à vida – e não seu oposto. Freqüentemente nos dias de hoje, tudo o que é hostil à vida é chamado de morte. Assim, poderíamos dizer do reino da insignificância no qual nossa época chafurda, esse lugar inútil em que se tramam as ideologias mortíferas, os sistemas opacos e fechados, em que as idolatrias odiosas erguem suas tendas, que é um reino dos mortos. Se a "morte" é o espaço de nossas renúncias e de nossas covardias, e o da separação de nosso verdadeiro ser, então nossa época atingiu sua margem. Mas, quando utilizamos a palavra "morte" nesse sentido, não se deve esquecer de prestar atenção à sua evolução progressiva e definitiva.

Pouco a pouco, na consciência contemporânea, a morte torna-se o mal absoluto, o despejo de tudo o que é odioso, o inimigo número um. Basta ver até que ponto ela é considerada o fracasso absoluto nos serviços hospitalares. Citando recentemente Mozart, "A morte, essa amiga fiel e excelente", fiquei surpresa ao constatar até que ponto esta frase, tão serena a meus ouvidos, era malvista. Ou ainda a de Freud que, em um registro completamente diferente, me parece profundamente reconciliadora: "Somos devedores de nossa morte à natureza." Talvez seja preciso, para amá-la como a amo, viver no campo e acompanhar a metamorfose das estações?

De fato, se a coloco diante da vida, esse rio torrencial, a morte parece estagnação, pântano putrefato. Ora, não se deve colocá-la ante a vida, mas incluí-la na vida. É sobretudo essa intuição principal que eu gostaria de tornar sensível: a vida, a morte andam juntas, de mãos dadas.

Do admirável romance de Chaim Potok, *Mon nom est Asher Lev* [Meu nome é Asher Lev], lembro-me do diálogo entre a criança e seu pai diante de um pássaro morto: "Pai, por que o criador de todas as coisas permitiu a morte?" "Meu filho, é porque sem ela – e se nada jamais nos arrancasse deste mundo – não saberíamos o quanto a vida é preciosa."

A morte "exaltadora" de vida, força que ativa, exalta e sublima! A morte, "oposição" que valoriza o outro elemento, exalta-o por contraste! A morte, sopro que ativa o fogo enfraquecido! Será isso mesmo? Apesar de tudo, uma hesitação permanece no coração! Uma grande parte de nossa experiência reflete essa realidade. Logo voltam à memória todas essas situações vividas, acompanhadas, narradas, em que a morte, ou o anúncio da morte iminente, abala a vida e a recoloca em andamento.

Quantos destinos atolados como carroças no tédio e na insignificância, e que todas as tentativas de colocar em movimento fazem afundar ainda mais, são de repente iluminados! Quantos diálogos retomados ao pé de uma cama

PARA ONDE VOCÊ VAI COM TANTA PRESSA?

(quando as coisas vão bem, quando não cai a capa da mentira!). Quantas trocas de olhares! A intensidade repentina da presença, o peso dos segundos que são desfiados! A sensação de estranheza se introduz, insinua-se no coração do mais corriqueiro, daquilo que no instante anterior parecia não merecer atenção. Os seres e as coisas ganham em contorno, em peso, em densidade. A vida verdadeira, lenta e sustentada, recupera seus direitos, capta a atenção que lhe cabe, e a agitação de nossas falsas vidas desaparece. Em lugar nenhum, o instante parece tão frágil, tão filigranado e digno de atenção.

Como é difícil ter perdido esses encontros, ter deixado os seres partir sem lhes ter dado o único presente que importa: o tempo compartilhado! Revejo a jovem mulher cujo marido morre após dois anos de ruptura e silêncio.

"Você entende", dizia-me, "era um silêncio entre vivos, um silêncio do qual sabíamos a cada momento que poderíamos suspendê-lo, dissipá-lo, e que prolongávamos apenas para amolar, para que o outro compreendesse até que ponto ele nos tinha magoado, e que era ele quem deveria dar o primeiro passo. Um enfado que se prolongava – mas nunca, nunca mesmo – um silêncio definitivo! Que um jogo rabugento podia tornar-se a vida! Quem poderia imaginar que um silêncio de vivo poderia tornar-se um silêncio de morto?"

A vida não sabe fingir. Não se pode fingir não se ver a si mesmo, não se falar. O fato é que as pessoas não se vêem e não falam a si mesmas. A árvore não finge carregar maçãs, nem a aranha finge tecer sua teia. O coração dos humanos não distingue as simulações dos golpes mortais.

Uma pergunta irritante, impossível de evitar: A morte é realmente necessária para que o valor da vida apareça? É preciso que eu perca você para saber o quanto o amava? Não seria hora de introduzir em nossos cotidianos uma outra consciência, um outro jeito de ser, uma disciplina terna? Homenagear a vida. A cada novo dia, e até o fim de nossos dias! Para evitar o destino desse herói antigo cujo nome não me lembro. No instante em que a jovem camponesa que lhe ofereceu uma noite de delícias se afasta, ele a reconhece! Por suas costas! Por seu jeito de andar! É a deusa Afrodite! Tarde demais, infelizmente, já que antes de ele poder dar alguns passos para alcançá-la, ela se dissolve na bruma da manhã!

De mãos dadas.
As duas irmãs.
Uma vez aceito o fato de que não se extirpa a morte de nossa vida como um tumor do tecido vivo, mas de que ela lhe é consubstancial, deu-se o passo principal. As energias prisioneiras do medo, da rejeição, da indignação diante do destino são liberadas e, a partir de então, estão a serviço da formidável alquimia de transformação. É evidente que essa reviravolta não acontece no mental e que é o fruto da carne e de uma longa paciência.

Enquanto eu quiser defender a qualquer preço o que adquiri, minha identidade, minha família, minha juventude, meu sucesso..., a morte continua onipotente e temível. Porque sua missão, então, é apenas a de arrancar o que acredito possuir. É sua primeira razão de ser, ela é a arrancadora, a "escandalosa", a que faz tropeçar no "escândalo", no obstáculo, a que faz cair.

Mas essa vida, essa vida que me atravessa de modo único e singular como ela atravessa de modo único e singular todos os seres vivos, quem deteria sua torrente?

◆

PARA ONDE VOCÊ VAI COM TANTA PRESSA?

A partir do momento em que cedo passagem ao que é, em que me abro ao fluxo do real em uma porosidade apaixonada, a morte perde seu aguilhão.

Desde o primeiro "nascimento por baixo" – desde que se surge pela primeira vez do ventre das mulheres –, virá um dia – no fim da peregrinação, no fim da busca –, e, na mesma lógica do eros divino, "o nascimento por cima"[1]. "Pus diante de ti a vida e a morte. Escolhe a vida e viverás!" O convite de Deus a Moisés! Tautologia sublime que lava os degraus da escada e nos entrega a maldição da dualidade!

"Escolhe a vida e viverás."

Quer você viva, quer morra, escolha a vida!

Guardei para o final a emoção que vivi quando cheguei a esse congresso e que quero compartilhar com vocês.

A morte tem ainda um outro poder: ela despedaça os entraves que nos impedem de ir em direção ao outro. Pois os mortos têm o seguinte, que os vivos não têm: são abordáveis, eles são facilmente acessíveis. Nem é preciso ter sido apresentado a eles enquanto eram vivos. Posso, a partir da notícia de uma morte que abre meu coração, entrar em relação com o "fugitivo". Como seu ego não existe mais, o meu se funde assim que entramos em contato. As almas se tocam, se roçam, mergulham juntas.

Como mostra o que vivi aqui antes de começar a falar a vocês.

Ao chegar, pedi para que me instalassem em uma salinha tranqüila onde eu pudesse elaborar os poucos temas que queria compartilhar com vocês. Eis-me então sozinha em um cômodo onde havia uma boa poltrona, uma mesa,

---

1 Jo, 3-7.

algumas roupas esquecidas. Usufruo minha tranqüilidade enganadora! Esse lugar protegido de todos em um minuto iria tornar-se o centro de um tornado. Escutei de repente ruídos alarmantes no corredor, pediram-me para entrar para pegar algumas roupas. Fiquei diante de uma mulher em prantos. "Vim buscar meu casaco", ela me disse. "*Perdi* minha filha, acabo de saber que ela morreu no hospital. E eu que estou aqui para um congresso sobre o acompanhamento de moribundos... enquanto minha filha..." Eis-me em seus braços, ou ela nos meus. As lágrimas que a abalavam jogavam escombros de pedra de seu peito no meu, de seu ventre no meu. Uma calmaria, sacudidelas mais fortes ainda, choramos juntas. No instante anterior não nos conhecíamos, e lá estávamos compartilhando a maior intimidade, afora o eros, possível na terra: o luto, a morte. Suas lágrimas molhavam minha face, meus cabelos. Estávamos juntas – uma. A morte me deu uma filha que eu não tinha.

Algo estranho e dilacerante ocorreu: a morte me deu uma filha que a vida não me deu: Sandra. Chama-se Sandra. Ela é minha filha, e choro por ela de dentro de sua mãe. Ela nos soldou. Não sei quanto tempo nosso abraço durou, mas sei que minha família aumentou, enriquecida por uma jovem morta, e que a encontrei no centro do braseiro da vida. Daí, de agora em diante, ela fazer parte de minha vida. Como os outros vivos que amo. O sentido do desespero, se existe, não é liberar essa energia "escandalosa" que é a única capaz de despedaçar as muralhas de nossos corações?

"A morte é grande pela vida que faz surgir", dizia Dürckheim.

AS ESTAÇÕES DO CORPO

De nosso nascimento a nossa morte, a vida é concebida como um caminho de iniciação, um ciclo de experiências sucessivas. A roda que vai dar seu giro completo está, em cada ponto, no local em que seu círculo de ferro toca o chão em seu ponto de partida. Cada instante, cada novo dia, cada novo livro, cada novo encontro é o começo. A cada momento começamos no novo.

A natureza do tempo da vida é ao mesmo tempo diacronia – evolução, desenrolar – e sincronia: tudo acontece simultaneamente.

Veja a forma da sonata: a maneira como um tema é introduzido, seguido de um outro tema sobre um outro modo, e trabalhado, ampliado, desabrochando ao longo do movimento; e observe o retorno ao início da melodia, mas, desta vez, uma volta de espiral mais alta, em outro nível; e, por um novo caminho melódico, veja o movimento chegar a seu fim – assim ocorre com a vida.

A progressão da melodia de uma existência, seu desenvolvimento irresistível, suas leis de composição, com, dentro das estruturas, a possibilidade de variações infinitas, uma combinatória sem limite, esta é a metáfora de uma existência. A vida só começa a machucar, machucar muito, quando não nos deixamos levar por sua corrente, quando tentamos nadar contra a corrente. A vida machuca, machuca muito, quando nos recusamos a nos juntar a sua corrente e a seus meandros.

Nossa memória está cheia dessas recusas sangrentas de progredir: da madrasta da Branca de Neve a Medéia que, por amor a Jasão (será esta a raiz de sua tragédia comum?), trava a roda do tempo e usa sua magia para rejuvenescer seu sogro Esão, e da sinistra condessa Barthory, que se banhava no sangue das crianças para conservar seu poder de sedução, até a prateleira secreta de nosso banheiro onde reinam os produtos da indústria estética que custam a vida, pela tortura da vivisecção, de milhões de animais a cada ano.

Recusar-se a amadurecer, recusar-se a envelhecer, é recusar-se a se humanizar. A humanização ocorre quando se tira a máscara, quando ela amolece. Recusar-se a amadurecer é, em suma, recusar-se a se tornar humano. Transformamo-nos então nessas concreções de pedra, nesses cálculos que bloqueiam nossos rins, que bloqueiam a passagem em direção ao fluxo do ser, nessas estátuas sem vida no limiar da velhice.

Conter o fluxo da existência é esquecer que a vida é a arte da metamorfose. A mulher que sou já enterrou uma criança, a criança que ela foi; alegre, ela cantava e dançava; em seguida, uma adolescente atrapalhada com suas pernas. Também enterrei uma jovem mulher, uma jovem mãe. Enterrei uma mulher madura. Acabei até de enterrar a mulher fértil que eu era; ou seja, entrei na época de minha segunda fertilidade. E enterrarei esta mulher em amadurecimento que sou ao me tornar a mulher velha que está em mim; depois, a mulher muito velha; em seguida, a morte e a que atravessará para a outra margem.

Assim, a cada vez que abandonei um espaço, entrei em outro. Não é fácil. É duro abandonar o país da infância; é duro abandonar o país da juventude; é duro abandonar o desabrochar feminino, abandonar a fecundidade. De um país ao outro, de um espaço ao outro, há a passagem pela morte. Abandono o que eu conhecia e não sei para onde vou. Não sei onde estou entrando. Tratar essa passagem como uma coisa conhecida? Claro que não: seria leviandade. Mas, já que passei várias vezes pela experiência de abandonar um país e entrar em outro de igual riqueza ou até de maior riqueza, por que hesitaria diante da velhice? Algo em mim me diz: "Faça como sempre, confie; você está entrando em um outro espaço de riqueza. A vida é uma escola de metamorfose. Confie na metamorfose." Contemplo com a maior freqüência possível a água correndo. Impregno-me do que acontece em mim quando vejo a água correndo.

Tive a felicidade em minha infância de morar junto ao mar. Lembro-me de que íamos brincar no jardim do Pharo e de que sempre havia, num banco, idosos contemplando o mar. E, quando nossas bolas caíam entre as suas pernas, eles se curvavam para pegá-las e, olhando-nos, devolviam-nas. Em seus olhos, via-se o reflexo do mar. Em seus olhares, eu via a eternidade que me era prometida. Esse reflexo de eternidade, não o via no olhar dos adultos, muito atarefados nas lutas da maturidade. Mas os idosos existiam para nos oferecer esse reflexo da imortalidade da qual estavam tão próximos. Lamentemos os infelizes que, hoje, em vez de contemplar o mar, assistem... à televisão.

Olhar o mar antes mesmo de envelhecer. Entrar nesse espaço de eternidade. Temos de insuflar em nosso mundo a memória desse divino que ele é, que nós somos. É exatamente este o motivo de nossa passagem pela terra. Toda uma civilização desmorona, desaba, se a velhice perder o papel de testemunho da imortalidade. Um dia, Dürckheim perguntou a um japonês o que ele julgava ser mais precioso em seu país, e a resposta foi: nossos idosos. Os que testemunham. Em diversas culturas, as responsabilidades aumentam com o envelhecimento. Cito, em *Les Ages de la vie* [As idades da vida], a tradição da África negra na qual a responsabilidade aumenta com o passar dos anos e na qual as pessoas mais velhas, do clã dos ancestrais, são responsáveis pelo amanhecer. Esta é uma outra trajetória de existência! Estamos longe da imagem que temos de nosso destino quando tentamos lutar ao máximo para nos manter na melhor forma. Agarramo-nos "às maçanetas", como está escrito no ônibus. Até Simone de Beauvoir, em seu livro emocionante sobre a velhice, não soube estabelecer um contraponto. Ela termina dizendo: "Agüente firme o máximo de tempo possível!" Uma verdadeira injunção militar! Guardar o lugar o máximo de tempo possível não tem nada a ver com o sentido da existência. É a incompreensão total de nossa razão de ser na terra.

A vida tem, aliás, essa clemência extraordinária de nos dar a todo momento a ocasião de aprender a morrer. Este aprendizado não nos é oferecido a cada respiração? Se vou até o fim de cada expiração, restituo toda a riqueza que me foi dada na inspiração. Acolho e devolvo-lhe o que você me deu. Em cada expiração, aprendo a morte, aprendo a restituir. Antes de adormecer, restituo o dia que me foi dado e entro em minha pequena morte noturna. Um gesto tão simples quanto entrar numa sala ou sair dela e fechar a porta é um aprendizado de viver e morrer.

Clareza! Entro em uma experiência e, em seguida, abandono-a e entro em um outro espaço. Morrer a cada instante, não mais como um desastre, mas compreendendo o quanto este aprendizado é o da presença.

Exploremos agora esta travessia da vida – com a descrição das estações dadas pelas grandes tradições. Evocarei duas: a védica e a judaica. Antes de mais nada, algumas palavras sobre os quatro *ashramas* – as quatro estações da vida. Na primeira – três vezes sete anos –, até a idade de vinte e um anos, o ser é formado em seu corpo e em sua psique. Os seis ciclos de sete anos que se seguem são consagrados aos deveres – quarenta e dois anos são necessários ao brâmane para cumprir sua tarefa na terra, praticar o ritual conforme sua casta, constituir sua família, servir a sociedade. Com sessenta e três anos, o brâmane viu seus filhos crescerem e se estabelecerem, casou suas filhas e transmitiu-lhes a tradição. É um homem livre. Pode preparar-se agora para abandonar seus vínculos terrestres. "Sua mulher o acompanha se ela ainda estiver viva", está escrito no grande livro das leis de Manu. Quando se sente pronto, parte para a quarta etapa – a do *sanyasin*, morando na floresta ou andando de aldeia em aldeia, vivendo de esmolas que lhe são dadas de coração – pois, como os idosos de minha infância no jardim de Pharo, ele se tornou, a partir de então, testemunha de imortalidade.

◆

PARA ONDE VOCÊ VAI COM TANTA PRESSA?

A tradição hebraica também distingue quatro etapas. Essas quatro fases devem ser vividas a qualquer preço. Querer pular uma delas, poupar-se de alguma, é suicídio, como nos mostra a história de Akiba e de seus três companheiros no Talmude. Dos quatro jovens que partiram juntos, somente Akiba integra nele as quatro etapas e se torna um sábio. Ben Soma sucumbe à loucura. Ben Asai morre no meio da vida. Quanto ao terceiro, ele se torna um debochado, um renegado – ou seja, ele continua a viver mas não se torna vivo. Cada um deles, em suma, se recusou a passar por uma etapa.

Quais são essas fases que não é possível evitar? A primeira consiste em ir ao encontro do mundo tal como ele é. Assim como a criança que apalpa, toca, põe na boca, cheira, observa, escuta, absorve o mundo à sua volta – presença imediata no mundo criado, louvor.

Na segunda etapa, a juventude, dá-se nome ao mundo – o mundo é capturado pela palavra, pelo conceito. O mental é uma apreensão suplementar do mundo. Todos nós lembramos de algumas épocas da juventude em que o espírito borbulha, em que se improvisam por toda parte discussões efervescentes. "Orgulhoso e indomável é o espírito do homem", diz Lao Tsé. "O tempo de inclinar e levantar a cabeça, ele foi até o fundo dos quatro oceanos e voltou."

Na terceira fase, será preciso atravessar tudo mais uma vez – mas desta vez em carne viva. Trata-se de inscrever tudo na carne. "O que eu só conhecia por ter ouvido falar", agora tenho de viver. "Até hoje", escreve Oscar Wilde, do fundo de sua cela de Reading, "eu só havia chorado a morte de Lucien de Rubempré." É agora a prova de fogo, entre esta etapa e a precedente há a mesma diferença que entre ler um romance de amor e passar pelo fogo de eros e seu luminoso desastre.

Da quarta etapa, a da velhice, diz o Talmude que o "Anjo o acompanhe". (Será o mesmo que aquele que acolheu a criança quando ela saiu do ventre de sua mãe e lhe bateu na boca para fazê-la esquecer o que sabia?) Assim o Anjo acompanha a velhice! Tudo o que foi contradição, sofrimento, despedaçamento, cavalos correndo em direções diferentes vai ser reunificado. A roda furada encontra seu eixo. Tudo se constela em torno do coração. No caso de Akiba, a reconciliação final é representada por duas mulheres perto de um poço. Uma é sua primeira mulher que por toda a sua vida lhe foi devota de corpo e alma. A outra é sua segunda esposa, a que lhe foi enviada pelos romanos para seduzi-lo quando tinha oitenta anos. Essas duas mulheres constituem dois pólos antinômicos. Mas, no momento em que Akiba reconhece que elas são apenas uma, o mundo da dualidade termina. O universo das aparências revela aqui sua unidade secreta.

Tratar-se-á de tocar em nossa existência as diferentes qualidades de presença que reinam em nós segundo as idades da vida, como o conjunto das teclas de um teclado.

Já evoquei as intuições primordiais de minha infância, o dom de louvor que eu tinha então – assim como um gosto imoderado da felicidade que iluminou minha vida inteira. Descrevi essa sensação que eu tinha muito freqüentemente de estar diante de um convidado importante – e também de usar uma coroa invisível. Se voltar mais atrás ainda em minha história até a estada no interior de minha mãe, acredito encontrar a mesma qualidade primordial de presença; ser – sem ter de se justificar de sua presença –, ser – sem que ninguém exija nada de você –, ser – participar do ser sem ter de comentar nada! Encontro o vestígio dessa felicidade nas febres da infância. Ao redor, os barulhos da vida, a louça lavada, a água que corre, o rangido dos freios na rua... mais tarde também em situações como cochilar num trem, dirigir o carro sozinha... Ninguém espera nada de mim – saboreio o ser. Esse espaço de presença de qualidade *yin* se encontra ao longo da infância, mas também por toda parte onde a atividade é suspensa: na doença (mesmo na depressão), ou ainda num estado de amor (o estado de transe que faz atravessar os dias sonâmbulo) e, mais tarde, na velhice, quando o anjo a acompanha e ela se torna espaço de acolhimento.

Na adolescência, é uma outra qualidade que se encarna. Um campo aberto a todas as virtualidades. Da mesma forma que a velhice libera o corpo de sua determinação sexuada, a adolescência é espaço de liberdade – e de virgindade. Chamo aqui de virgindade "esse estado de amor que dispensa cúmplice", o espaço aumentado e hermafrodita, ainda dedicado à ordem de todos os possíveis. Nessa perspectiva, não se deve rejeitar uma sexualidade precoce por razões de moralidade, o que seria insignificante, mas por motivos de dinâmica e de devir do ser. Antes de receber sua marca sexual, o adolescente ainda está em ressonância com a criação inteira, em um espaço iniciático que não tornará a encontrar mais. Ao entrar na feminilidade ou na masculinidade, metade do mundo me é furtado.

O que possuí durante um momento no estado de graça da adolescência, só tornarei a encontrar na paixão amorosa ou na experiência mística. Minha Heloísa, em *Une passion* [Uma paixão], exprime assim esse estado de graça: "Na gota que sou, o oceano inteiro encontra lugar!" Já a juventude tem uma qualidade radicalmente diferente. É o espaço da vida que hoje é o mais cobiçado e o mais desconhecido. A juventude é refém de nossas indústrias cínicas – o alvo de nossa sociedade de consumo –, e tudo isso é contrário a seu gênio próprio que é pesquisa, busca, errância. A juventude é espaço de experimentação e erro. Não tentemos, sobretudo, poupar os jovens que amamos de caminhar sem rumo, nem mesmo (por mais terrível que isso seja) momentaneamente de se perder, de experimentar todos os papéis. O corpo encontra-se então completamente desabrochado – e, no entanto, não é percebido por quem o habita! "Dizer 'eu me sinto bem' já mostra que se deixou de ser jovem – pois, quando se é jovem, ninguém se sente nem bem nem mal, simplesmente se é" (Jean Améry).

Contradição surpreendente que faz com que, no momento em que possuo tudo o que mais tarde me encherá de nostalgia – beleza, juventude, vigor –, não o percebo como um tesouro! Essa beleza, esse vigor agora me são devolvidos por meus filhos. Quando meu filho de vinte anos entra na sala, mesmo se estou de costas, percebo a energia dos vinte anos que invade o espaço, um incêndio! Mas ele a ignora! Quem vive essa energia não está em condições de celebrá-la, pois se trata para ele de se tornar quem ele é – tarefa difícil! Geralmente não conseguimos apreender o que mais cobiçamos quando o possuímos; só mais tarde, quando, por fulgurações, emergem em nós os sabores divinos da Tepheret, que "abre a porta da imortalidade".

Na idade adulta, o arco está esticado se seguimos nossa estrela, nossa vocação, estamos na flor da idade. É o momento de construir o mundo. Cada um de nós tem então a responsabilidade de uma parcela do universo (escola, escritório, hospital, casa onde trabalhamos, onde vivemos).

PARA ONDE VOCÊ VAI COM TANTA PRESSA?

Somos responsáveis por esse lugar onde o destino nos coloca. Homem ou mulher, vivemos o *yang* em nós nessa época da vida – a clareza, a determinação –, e nessa época de extremo florescimento (a Gevura na árvore da vida) anuncia-se a colheita do Hesed. Em breve, o ano do Jubileu – quarenta e nove anos, os sete vezes sete – em que é dito, no Levítico, que o homem deve armazenar sua colheita! Esta idade – quem acreditará nisso? – está sob o signo da *alegria*. A maior parte do trabalho está feito, tanto para as mulheres quanto para os homens, é a passagem de uma fecundidade à outra.

No coração desse desabrochar já está inscrita a informação do murchar. Freqüentemente está apenas arranhada no canto do olho –, mas a partir de então passamos da ordem do visível à ordem do invisível. A flor deve morrer para dar o fruto; o que desabrochou na ordem biológica do visível vai murchar lentamente. A ordem então se inverte. São os jardins interiores que começam a brotar. É o nosso conhecimento das leis secretas da vida que determina nossas existências.

Amarga é esta passagem para aqueles de nós que conseguiram sobreviver até então sem inscrever o sagrado em sua existência! A vida não tem piedade se não entendi que, arrastando-me para a morte, ela é minha aliada. Entregue, pés e punhos atados, às leis biológicas da degradação, o homem contemporâneo ignora a reviravolta que *quer* acontecer nele.

Se pouco a pouco, na travessia do Hesed, depois do Binah, as forças se debilitam, torna-se claro que se prepara um outro nascimento. De fato, todos conhecemos idosos maravilhosamente robustos (destino, hereditariedade, boa gestão de suas energias). Mas isso não é nem "melhor", nem "menos bom". Acompanhada ou não de uma debilitação exterior, o que importa é a intensidade do trabalho interior que se realiza. Quando um ser entra *vivo* em sua idade primordial, o véu é erguido, o medo da morte superado.

Assistir à partida de uma determinada pessoa é um dos maiores presentes que podemos receber nesta terra. Existem dois momentos em nossa existência em que a bênção se derrama em abundância se estivermos preparados para recebê-la: o instante do nascimento e o instante da morte – o instante em que a cabeça da criança "coroa" entre as pernas da mãe, e o instante em que a alma retorna a Deus no último suspiro. São dois instantes em que *todos os presentes* sabem a partir de então *quem eles são* e *por que vivem*. Nunca mais esquecerão.

Confiando esses dois momentos sagrados à técnica hospitalar, nossa época condena a existência humana ao inferno da insignificância e da falta de sentido.

Saberemos recuperar nossos destinos, recolocar a técnica em seu lugar de servidora em vez de sofrer sua tirania? Saberemos reconhecer os sinais da bênção?

UM OUTRO MUNDO É POSSÍVEL

Uma antiga memória debate-se dentro de mim. Um outro mundo é possível! O impulso louco dos revolucionários da primeira hora, da primeira manhã! As almas generosas, as que se põem de pé no meio de um povo de rastejadores, as que abrem caminho entre os compromissos, as hipocrisias, as ignomínias, as que se erguem contra o inaceitável! Esta primeira hora, sua glória, seu esplendor antes que os amanhãs façam as esperanças se perderem!

Memória de uma geração. Deixar-se engolir novamente pelo mais belo e pelo mais escorregadio dos sonhos. Quantos desses verdadeiros militantes, magníficos e generosos, não se transformaram eles próprios naqueles que combatiam! Para um Che Guevara, amado dos deuses e que recebeu a graça de morrer a tempo, isto é, antes de chegar ao poder, quantos Fidel Castros condenados a governar! Intimidade devastadora das facções que se opõem e tornam-se cedo ou tarde "irmãos de sangue"! "De tanto fixar o monstro que se quer combater, somos transformados nele" (Mircea Eliade).

Já que não se trata de pegar de novo a haste de um estandarte, o que fazer com essa lucidez desesperada diante do sofrimento do mundo? Como enfrentar uma sociedade para a qual é impossível dar nossa caução, com sua inconsciência e seu cinismo?

Yvan Amar lembrava-nos de que a única coisa de que o homem moderno pode se gabar diante de Deus é de ter inventado a lata de lixo. A porcaria, onde se misturam os perdedores, os excluídos, os recursos naturais, os sonhos, as visões, só aumenta... No entanto, parece claro que qualquer "reação" seria inútil, que erguer um novo mundo contra o antigo, levantar uma nova tropa contra as tropas constituídas, só fortaleceria a dinâmica devastadora. Não se trata de modo algum de substituir uma ideologia por outra, nem de inventar novos ídolos.

Uma contração dolorosa acolhe em nós cada teoria nova, cada "seria preciso", cada "basta fazer algo". Torna-se tangível, fisicamente perceptível, que a única reação é parar, suportar por muito tempo, pelo máximo de tempo possível, o estado de não-reação, o hiato. Sentimos bem que, se permanecermos na generalidade, "a sociedade", "os abusos", atolamos, esgotamos, destruímos a nós mesmos. A pergunta radical, a pergunta que deixa louco não pode então deixar de surgir: *Será que sei realmente o que seria melhor ou preferível?* Será que o pior na terra não foi sempre cometido pelos que sabiam? "Tomem cuidado para não nos impor uma felicidade que não é a nossa!" Pedido sensato de um argelino notável no início da colonização! Já Bernard Besret ousa uma formulação ainda mais radical: "O mal é o bem que se quer impor aos outros." Toda resposta geral, toda palavra geral carrega o veneno. Em uma situação única, neste instante único, sei ou pressinto o que é preferível e assumo essa escolha. Mas, em geral, não tenho resposta. Conscientizar-se disso já é, acredito, um começo aceitável.

O próximo passo não se faz esperar. "Continuamos a não ter consciência", escreve C. G. Jung, "de que cada um de nós é uma pedra da estrutura sociopolítica do universo e de que participamos de todos os conflitos. Continuamos a nos considerar, em geral, vítimas impotentes do jogo demoníaco dos poderes deste mundo." Apesar da revelação transtornante que a física quântica trouxe a nosso século, perseveramos em apreender o real como um nobre da província do século XIX, debruçado em seu terraço. A ilusão coloca-nos fora de qualquer coisa e nos faz considerar de fora os acasos do mundo. Assistimos a isso resmungando um comentário sem fim no qual indignação, recriminações, sugestões, reivindicações e emoções diversas se alternam. Não suspeitamos muitas vezes que aquilo que, como observadores, acompanhamos com os olhos na poeira das ruas é nossa própria errância, nossa própria luta ou nosso próprio enterro.

A reviravolta que se impõe é radical.

Nada acontece nesta terra que não me diga respeito.

Cada guerra é o impacto radioativo de meu ódio cotidiano e do ódio dos meus irmãos humanos. Enquanto cada ação justa, cada palavra clara reergue minha cabeça, restitui-me minha humanidade perdida.

A representação tão comum de que pode existir uma vida privada que só diz respeito a mim e onde tudo me é permitido cessa de imediato. O lugar onde estou é, a cada instante, o ponto de bifurcação. "Coloquei diante de ti a vida e a morte, escolhe a vida!" O tempo todo a escolha depende de você. Não se trata aqui de uma paranóia?, irão perguntar-se alguns. Que tudo possa depender de mim! Estranhamente, essa atitude é ao mesmo tempo o contrário da onipotência e da oni-impotência. Ela simplesmente nos põe em trabalho, como se diz de uma mulher que dá à luz que ela está em trabalho de parto. Deixando de reagir diante de qualquer incitação, podemos de agora em diante nos colocar a serviço da vida. "A obrigação é o que nasce no coração do homem quando ele não reage mais, mas reconhece sua dívida" (Yvan Amar).

Não se trata, claro, de ser "responsável por tudo" – o que não deixaria de nos enlouquecer –, mas de deixar ressoar em nós o que nos encontra. A diferença entre um policial e um "artesão da paz" é que um estabelece a ordem fora, e o outro a estabelece dentro (o que, no caso, não deixa de produzir um efeito fora).

Essa obrigação diante da criação devolve-nos naturalmente nossa memória perdida. Se fosse preciso criar um novo mundo, que baderna, que bagunça, que desânimo não daria! Mesmo juntando suas empreitadas, Sísifo e Hércules dos doze trabalhos não seriam suficientes.

A boa notícia é que se trata apenas de reencontrar este mundo, de limpá-lo, de tirar o entulho.

A esperança dos amanhãs que cantam já está carregada de lágrimas, ferro e sangue. De tanto voltar os olhos para o futuro, quase conseguimos destruí-lo.

A esperança não deve mais se voltar para o futuro, mas para o invisível. Só aquele que se debruça sobre seu coração, como sobre um poço profundo, reencontra o caminho perdido. Sem ilusão, sem espera, sem espírito de lucro ou de sucesso, expor-se ao vento do ser! Não procurar *a* resposta. "Você é tão vivo quanto um besouro", com esses termos Francisco I elogiava um serviçal. Sim, ser tão vivo quanto um besouro, em alerta. Ousar o hiato, o espaço, o instante suspenso. Não querer responder de imediato. Esfomear em nós a vaca sagrada da "criatividade", da "inovação". Parar o tempo, deixar a vida recuperar seu fôlego.

Essa tarefa na qual inscrevo a partir de então o meu destino é delicada, fina, quase invisível. Ela salva em segredo, como José levando a criança nas dobras de sua capa, apertada no peito. Infelizmente para os matadores de Herodes. Salvar o mundo em segredo, à revelia de todos e de si mesmo.

Um velho professor dizia-me inclinando a cabeça: "Não entendo todos esses requerimentos, todas essas reivindicações de meus colegas jovens, essas reformas que não acabam mais! Quanto mais muda, mais é igual. Eles colocam ardor demais na indignação! Tento chamar a atenção deles para o fato de que não é útil acionar o alarme para fazer mudanças discretas – basta, às vezes, fechar devagar a porta da sala de aula!"

Esvaziar o oceano do ódio com um conta-gotas. Não se alarmar, diz o velho homem, não provocar martírio! Tornar-se, antes, o alvo das gargalhadas de todos e de si mesmo, um micróbio da esperança, um batedor de carteiras microscópico, um camicase da derrisão! O importante é tentar, tentar sempre, sem se preocupar com o sucesso, colocar por um instante no mundo o que nele não estava. Às escondidas. *Soli deo gloria!*

Que um outro mundo é possível, nós sabemos. Existiram, existem culturas, que tinham, têm, por objetivo o enobrecimento do homem, sua realização. Essas culturas surgiram, tiveram seu tempo (algumas, como a civilização suméria, vários milhares de anos), foram submetidas, como tudo o que respira sob o sol, às leis da entropia, feneceram, degeneraram, desapareceram. Freqüentemente os derrotistas balbuciam: "O homem sempre foi brutal, um lobo para o homem..." Correndo o risco de desagradar àqueles a quem só o mais baixo parece verossímil, existiram e existem nessa terra formas de existência dignas do homem e da semente divina que ele carrega em si.

Não somente um outro mundo é possível, mas ele respira desde sempre sob este aqui. A face escondida do mundo! Quem de nós segura o suficiente sua respiração, escuta a sua pulsação. Esse outro mundo aflora às vezes no mundo visível, e sua aparição nos transtorna. Parecido com a Jerusalém celeste que os anjos deixam descer lentamente por trás das pálpebras queimadas dos místicos. O mundo escondido roça o mundo visível, dá-se a reconhecer aqui e ali, mas, se ele substituísse totalmente o mundo visível, seria o fim, o ponto final em que todo mundo desce; o impulso da humanidade em andamento seria suspenso, o mundo cairia pesadamente de suas dobradiças.

O que faz a realeza de nossa aventura é o impulso que nos habita, o desejo que nos carrega e queima. Não esperemos alcançar o sucesso de uma vez por todas!

É porque ele amava tanto seu servidor, Moisés, "o único que Ele conheceu frente a frente"[1], que Deus não o fez entrar na Terra prometida, deixando-lhe para sempre a melhor parte: o caminho ardente que leva a...

---

1 Dt, 34-10.

IMPRESSÃO E ACABAMENTO:
YANGRAF Fone/Fax: 6195.77.22
e-mail:yangraf.comercial@terra.com.br